El visitante del otro lado

JAVIER FONSECA GARCÍA—DONAS

DiQueSí

© del texto, Javier Fonseca García-Donas

© de las ilustraciones, Ramón Acedo

© Ediciones DiQueSí

28022-Madrid

www.edicionesdiquesi.com

novedad@edicionesdiquesí.com

DiQueSí

Diseño: Estelle Talavera

ISBN: 978-84-945196-1-1

Depósito Legal: M-13439-2016

© Todos los derechos reservados

1ª Edición: Madrid, 2016

Impreso en España por Estiló Estugraf, S.L.

El visitante del otro lado

Para Margarita -Margot-, siempre generosa.
Para los lectores y lectoras que van creciendo conmigo,
agradecido por su fidelidad y confianza.
Y para Ángeles, con quien gustoso cruzaría
al otro lado de cualquier espejo.

«A decir verdad, el espejo empezaba a deshacerse como si fuera una bruma brillante y plateada.

Un momento después, Alicia atravesaba el cristal y saltaba ágilmente a la habitación del Espejo.»

Lewis Carroll
A través del espejo y lo que Alicia encontró allí.

I. SALVADO POR LOS PELOS... DE UN GATO

Como todas las historias, esta tiene un comienzo y, por suerte, como en todos los comienzos, el protagonista –o sea, yo– es muy diferente al chico que acaba la aventura –o sea, yo también–. A pesar de que todo empiece y termine en el mismo sitio: el cuarto de baño de chicas del Instituto Jonathan Swift.

Sé que resulta extraño ese nombre para un instituto en España, pero tiene una razón de peso. Exactamente de doscientos veintitrés kilogramos de piedra. En la web, en una placa de la fachada principal, en los anuarios de Bachillerato para que a ninguno se nos olvide al dejar el instituto... se cuenta que en 1712, Jonathan Swift, el autor de *Los viajes de Gulliver,* pasó por España. En aquella época estaba muy enamorado de una tal Esther Vanhomright y debió de echarla mucho de menos, porque no se le ocurrió otra cosa que grabar su nombre en la pared de la habitación donde se hospedó, en la casa de un comerciante. Lo hizo poniendo primero el apellido y después el nombre, como si estuviera rellenando un formulario, y separando ligeramente la primera sílaba de cada palabra. ¿Por qué? Ni idea. Lo que sí se sabe es que poco después, en 1714, de vuelta a Dublín, escribió un poema dedicado a su amada titulado *Cadenus and Vanessa*, inventando para ella ese apodo con las primeras sílabas de su apellido (Van-) y de su nombre (-es). Así que puede decirse que este nombre se inventó en España.

El comerciante murió tan orgulloso de esta anécdota, que dispuso en su testamento que, pasara lo que pasase con la casa, siempre debería conservarse ese pedazo de muro grabado; y que una hija del primogénito de cada generación de su familia debería llamarse Vanessa. No sé si lo segundo se cumpliría, pero la casa dejó de ser propiedad de la familia, la compró el Estado y hoy esa piedra forma parte de la pared que separa un aula vacía del aseo de chicas del tercer piso del Jonathan Swift, donde esa mañana, a la hora del recreo, yo me había escondido.

Lo cierto es que no era la primera vez que lo hacía. Es un baño que apenas se utiliza. Está en la planta de los laboratorios, aún vacíos, y de un aula de informática sin ordenadores donde, protegidas por un cristal, pueden verse esas dos famosas palabras. Nuestra directora no se cansa de repetir que es cuestión de meses que tengamos "las más modernas instalaciones científicas y tecnológicas". Y, según se cuenta, eso mismo dijeron todos y cada uno de sus predecesores de los últimos siete años. Así que ya no debe quedar mucho, digo yo.

Pero no me quiero desviar del tema. Decía que suelo –solía– usar ese baño como escondite cuando quería estar solo o escapar de algo. Y esa era una situación que se repetía bastante a menudo. Digamos que yo no era lo que se conoce como un chico popular. Más bien al contrario, estaba entre los raros. Me tomaba muy en serio el trabajo de redactor en la revista del instituto, ni jugaba ni hablaba de fútbol, siempre he tenido móviles desfasados, heredados de mi primo, y prefería leer un libro a pasar la hora de biblioteca jugando a los barcos o enviando mensajes a las chicas de clase. Cosas muy mal vistas para un chico de Tercero. Y para colmo, Camilo y su banda llevaban varios meses eligiéndome como objeto de sus perrerías. De ellos huía precisamente en esta ocasión, para evitar que me hicieran quién sabe qué crueldad.

Normalmente me escabullía sin problemas, por las escaleras de emergencia, pero aquel día los conserjes estaban revisándola porque íbamos a tener un simulacro de incendio. Así que tuve que subir por las principales.

Camilo y su pandilla venían detrás de mí. Entré donde siempre lo hacía, sin pensar que esta vez podía convertirse en una trampa sin salida. Empujé la puerta y, antes de que se cerrara, me di cuenta de que no estaba solo. Frente al espejo, cepillándose el jersey, estaba Margot: quince años, pelo castaño, liso, siempre recogido en una coleta, salvo un mechón rebelde que no deja de colocarse tras la oreja con la mano, como esa actriz inglesa con un nombre lleno de "kas" y "haches". Precisamente Margot, responsable de deportes y fotografía con quien, a pesar de coincidir en el consejo de redacción de la revista del instituto, no había cruzado más de tres palabras seguidas; la de los ojos verdes que parecen pintados con la misma pintura que el mar. La de la nariz pequeña, graciosa, que siempre está brillando como una aceituna en la ensalada. Esa Margot que cuando pienso en ella me hace escribir cursiladas como las anteriores sin ninguna vergüenza, pero que si me encuentro con su sonrisa me repliego como un girasol por la noche... Sí. Esa Margot.

Intenté volver sobre mis pasos y salir de allí antes de que me viera, pero ella alzó la vista. Ahora podría decir que, antes de que reaccionara, la sorprendí con mi sonrisa seductora, me acerqué a ella y susurré: "Tranquila, ya he llegado". Total, estáis leyendo mi versión de la historia. Pero he dicho que iba a contar la verdad, aunque algunas cosas me avergüencen. Así que baste con decir que cuando nuestros ojos se encontraron en el espejo me miró sin sorpresa, como si fuera un mosquito que pasaba por allí mientras ella estaba a sus cosas. En mi defensa diré que tenía una pinta terrible. Con el bocata en la mano y el flequillo encima de los ojos, respirando por la boca y con las orejas rojas, como siempre que me asusto. Si a eso le añades unos *brackets*, un pantalón de chándal negro y una sudadera sin capucha dos tallas mayor que la que me correspondía, varias pecas y unos brazos y piernas como palillos chinos, tienes ante ti al típico pringado. Supongo que eso es lo que pensó ella porque, mientras se rehacía la coleta recogiéndose el pelo con las dos manos y sujetando una goma en la boca, me señaló con los ojos uno de los baños, como si fuera el único sitio en el que podía encontrar lo que buscaba.

Yo intenté hacerme el duro. Una cosa era escapar del criminal en potencia de Camilo y su séquito y otra que Margot, la chica a la que mejor le queda el chándal de todo el instituto, me dijera lo que tenía que hacer y me salvara el pellejo. Si ya resultaba humillante que viera cómo me escondía en su cuarto de baño, lo era más aún que adivinase el porqué y, sin hablar, me diera la solución. Así que, muy digno, pasé de largo delante de la puerta que me había señalado... y me tiré de cabeza contra la siguiente en cuanto oí las voces de mis perseguidores.

—No puede estar lejos. Aquí está todo cerrado menos los baños.

—¡En el de chicos no está, Camilo!

—Normal, es una nenaza. ¿Y dónde se esconden las nenazas?

Hizo esta pregunta empujando la puerta del cuarto de baño de chicas, mientras sus amigos se reían como chimpancés imitando al líder de la manada. Entraron y se quedaron en silencio. Desde mi escondite me los imaginé detrás de Margot, mirando cómo terminaba de hacerse la coleta.

Después de dos carraspeos y un "shhh", el cabecilla del rebaño tomó la palabra:

–¿Qué haces aquí? ¿Estás sola?

–Hola, Camilo. Hola, chicos. Creo que esa pregunta debería hacerla yo. Para hacer pipí –dijo marcando cada sílaba– de pie y cara a la pared, tenéis el baño de enfrente.

Escuché un murmullo y tres pasos.

–No te hagas la lista. ¿Dónde está?

–¿Quién?

–El pringado que ha entrado aquí hace un momento.

–No ha sido uno sino... cinco –respondió–. Y los tengo delante de mis narices.

–Muy graciosa, Margot. Vamos a mirar en todos los baños, uno por uno. Y si le encontramos aquí...

Si digo que empecé a sudar frío, me quedo corto. Sentí que en ese momento mi cuerpo generaba cubitos de hielo. Sentado en la taza, no podía parar de mover la pierna por más que la sujetaba con las dos manos.

–No vais a mirar en ningún sitio. Es el baño de chicas y aquí no se os ha perdido nada.

–Tú no me dices lo que tengo que... ¡Aaaa... tchís! Yo... ¡Aaatchís!

Fueron como seis estornudos seguidos y después cuatro exclamaciones de asco.

–Agggg, tío, se te han salido los mocos –comentó uno de los chicos.

–¡Huy, Camilo! –exclamó inocente Margot–. ¿No seguirás siendo alérgico a los gatos? Precisamente hoy he jugado con Zeus antes del venir al colegio y estaba aquí, cepillándome el jersey para quitarme todos los pelos.

Camilo no podía hablar más de dos palabras seguidas sin estornudar y el resto de la pandilla parecía haberse bloqueado al ver a su líder convertido en un surtidor de mocos. Empezaba a tener que aguantar la risa imaginando el cuadro cuando se abrió la puerta de mi escondite y entró Margot. Me guiñó un ojo, tomó el rollo de papel higiénico y siguió hablando:

–Deja que te ayude, Camilo, aquí tienes un poco de papel para la nariz. Y tranquilo, que yo no voy a contar a nadie que los gatos te hacen moquear...

Finalmente, los chicos se fueron del baño. Yo dejé pasar unos segundos antes de asomar la cabeza. Margot seguía delante del espejo. Ahora se estaba lavando las manos.

–Antes de que me preguntes, Camilo y yo somos vecinos. Por eso sé que es alérgico a los gatos. Y puedo asegurarte que Zeus también tiene alergia a ese abusón.

Demasiadas emociones para tan poco tiempo. No me había recuperado aún del susto, por primera vez Margot me decía más de seis palabras seguidas y, además, me enteraba de algo de su vida privada: tenía un gato. Me quedé bloqueado. Así que hice lo que tenía que hacer: buscar en mi repertorio de *Frases célebres de un pringado experto en meter la pata* la más apropiada para ese momento.

–Gra... gracias –acerté a decir–. Quería quitarme el bocadillo y... ¿Quieres un poco?

–¿De eso? –preguntó escandalizada Margot.

La verdad es que tenía muy mala pinta. Lo había aplastado tanto que casi tenía más bocadillo en mi sudadera que en la mano. Partí por la mitad lo que aún era comestible y le di una parte a Margot. Después mordí mi trozo, por si pensaba que estaba envenenado. Ella olió su parte y, después, se la metió en la boca.

Masticó tranquilamente y en silencio hasta que terminó de tragar y, sacudiéndose las manos, me dijo:

–A ver si empiezas a enfrentarte a esta panda de tarados. Que no siempre va a haber alguien cerca para ayudarte.

–¡Eh! –exclamé–, que yo me defiendo solo. Lo que pasa es que me he equivocado de baño con las prisas y...

No pude terminar la frase porque en ese momento oí voces en el pasillo y salté como un conejo, de nuevo a mi escondite, dejando caer lo que me quedaba de bocadillo al suelo.

–Sí –escuché a Margot susurrar–, ya veo que sabes cómo esconderte tú solito...

El ruido pasó de largo. Nadie se acercó a la puerta del baño. Aun así aguanté unos segundos más, por si acaso. Fuera, Margot terminaba de lavarse las manos.

–Venga, Caperucita, que ya se ha ido el lobo.

Salí con cuidado, intentando aparentar que controlaba la situación a pesar de que estaba más blanco que los lavabos.

–Oye, que no me escondía. Es que he entrado porque estaba...

–¿... Haciéndote *caquita*?

–No... Yo... –murmuré agachando la cabeza.

Sin bocata, acurrucado en un retrete del baño porque había oído un ruido y, por si fuera poco patético, buscando excusas. No se podía caer más bajo. A estas alturas solo me quedaba esperar a que Margot me diera el golpe de gracia. La verdad es que tampoco me importaba mucho. En ese momento se acercaba hacia donde yo estaba frotándose las manos. Pensé que iba a zarandearme, como habría hecho Camilo, por eso di dos pasos hacia atrás hasta chocar con la pared de azulejos.

–Eh, que era broma. ¿Estás bien? –me preguntó, poniéndome la mano sobre el hombro.

En cuanto sentí su contacto me acurruqué, protegiéndome la cabeza con los brazos. Al mismo tiempo noté un escalofrío que me recorrió la espalda de hombro a hombro. Era la primera vez que Margot me tocaba y juro que el calor de su mano hizo que me subiera la temperatura corporal un par de grados. A pesar de todo, como buen perro apaleado en varias ocasiones, venció la desconfianza y estuve unos segundos quieto, esperando el ataque. Cuando por fin me convencí de que no iba a haber ningún empujón, alcé la cabeza.

Margot me miraba con la cara un poco ladeada y los ojos muy abiertos. Parecía preocupada. Me recordó a Colás, el perro de mi abuelo Mario, que mira así cuando te ve triste. Yo no sabía qué decir. Estaba acostumbrado a que se rieran de mí. O peor aún, a que no me hicieran caso. Pero que alguien me preguntara cómo estaba y esperara respuesta... Eso era algo totalmente nuevo.

—En serio, Pablo, no puedes dejar que te haga esto. Tienes que pararle.

Lo dijo con preocupación sincera y a mí me sonó más dulce que una declaración de amor. Tenía su pelo tan cerca que me rozó la mejilla. Dos grados más. Olía a mandarina.

—Sí, eso es fácil decirlo. Pero como no me prestes a tu gato un par de días para frotarlo por toda mi ropa...

A pesar de que estaba hablando muy en serio, a Margot le hizo gracia mi propuesta. Empezó a reírse mientras me miraba, como invitándome a que la acompañara. Lo cierto es que verme pasando mis jerséis sobre un gato y a Camilo moqueando sin poder acercarse a menos de dos metros de mí era una imagen bastante divertida. Al final acabamos los dos tomando aire apoyados en los lavabos, y aquello sirvió para deshacer la tensión que me estaba anudando el estómago. La temperatura volvió a parámetros normales. Ella fue la primera en reponerse.

—Oye, me encantaría seguir de juerga, pero no quiero llegar tarde a clase de Petra.

—¿Tienes clase con la Abuela?

—Sí. Esteban está enfermo.

–Ufff, qué pereza. Prefiero una hora de estudio que escuchar las historias de la Abuela. Molaban cuando éramos pequeños, pero ahora...

–Bueno, tampoco es tan malo –dijo Margot colgándose su mochila–. A mí me gustan.

No me lo podía creer. ¡Alguien a quien le gustaban las historias de Petra! En el Jonathan Swift era toda una institución. Corría la leyenda de que había sido la primera alumna del instituto y que nunca había salido de él, aunque de vez en cuando desaparecía misteriosamente durante uno o dos días. Si preguntabas a los antiguos alumnos, todos la recordaban arrugada como un dátil, algo encorvada y con las gafas en la punta de la nariz o colgadas del cuello con un cordón rojo, arrastrando los pies por los pasillos. Siempre vestida con un chaleco de lana en el que normalmente guardaba un reloj sujeto a una cadena. Cuando lo tenía en el bolsillo no dejaba de consultarlo cada dos por tres. Por lo general se encargaba de cuidarnos cuando algún profesor faltaba y nos contaba las aventuras del rey Mésilon y los témplaris. Algunos los tomábamos como cuentos, otros se burlaban de ella descaradamente y todos acabábamos aburridos, más tarde o más temprano, de sus batallitas. Aunque a ella no le importaba. Últimamente le había dado por hablarnos de los objetos y costumbres curiosas de ese mundo que se había inventado.

Margot se despidió y yo me quedé, por fin, solo en el baño. En dos horas tenía examen de Matemáticas para terminar un día que estaba saliendo como un bizcocho sin levadura. Así que pensé en pasarme por la biblioteca a repasar, pero antes hice algo de tiempo. No quería volver a verme con Camilo y los suyos en el pasillo. No estaba preparado. Además, quería disfrutar un rato más del recuerdo de la parte positiva de ese encuentro.

Miré el reloj. Empezar el día junto a la chica a la que mejor le huele el pelo de todo el instituto era algo que no me ocurría con mucha frecuencia. En el suelo, al lado de una mancha gris que parecía de agua sucia, estaba lo que quedaba del bocadillo. Lo recogí con un trozo de papel higiénico y me lo guardé en el bolsillo para tirarlo fuera. Entonces me miré en el espejo. Ese era yo: Pablo, quince años, estudiante de Tercero, escuchimizado y pecoso. Doblé el brazo intentando marcar el bíceps, pero la sudadera apenas se arrugó. Eso sí, nadie podía negar que tenía una sonrisa brillante. Metálica, para ser exactos.

–Si solo fuera un poco menos pálido y no tuviera tantas pecas. O al menos pudiera quitarme estos hierros de la boca...

Vi que tenía una mancha de chocolate del bocadillo que apenas se distinguía entre las pecas. Arranqué un trozo de papel, lo mojé, volví a mirarme y me quedé helado.

El espejo me devolvía la imagen de un chico de pelo claro, muy corto y peinado a cepillo que sonreía mostrando unos dientes perfectos. Me pellizqué, abrí y cerré los ojos y la boca varias veces, pero mi reflejo seguía a lo suyo, limpiándose con un papel una mancha que era lo único que destacaba en una cara lisa, sin pecas ni lunares. No podría decir de qué color eran los ojos porque el reflejo tenía un tono sepia que le hacía parecer una película muda, como las que había visto en una exposición sobre los pioneros del cine.

Enseguida me di cuenta de que aquello no era real. Estaba soñando y de un momento a otro me iba a despertar. Miraría el reloj, saltaría de la cama y saldría pitando de casa con el desayuno en la mano porque llegaba tarde a clase. Pero, antes de que eso pasara, iba a disfrutar un poco más de ese nuevo Pablo recién salido de una teleserie americana.

Me había acercado tanto al espejo que lo había empañado con el aliento, pero mi reflejo seguía limpiándose detrás de una especie de niebla que le tapaba parte de la cara. Alargué la mano para retirar el vaho al tiempo que, al otro lado, él hacía lo mismo. Toqué el espejo y los dedos se hundieron como si fuera de gelatina. No me dio tiempo a reaccionar, porque en ese momento noté una especie de descarga eléctrica que me recorrió todo el cuerpo y me empujó hacia atrás.

Y antes de tocar el suelo me había perdido en un túnel oscuro por el que caía y caía…

2. VOCES Y OBJETOS BRILLANTES

Mientras yo perdía el sentido y caía por ese túnel oscuro como Alicia al entrar en la madriguera del conejo blanco, en clase de Cuarto, según me contó Margot después, Petra había conseguido milagrosamente captar la atención de todos hablando del juguete favorito del rey Mésilon cuando era niño. Se trataba de una caja octogonal que sacó de su bolso para enseñársela a la clase.

–Era muy sencilla y no llamaba la atención. Parecía de madera y brillaba como si estuviera recién pintada –me dijo Margot–. Y Petra sujetaba la tapa con fuerza, como si tuviera miedo de que se abriera. A mí me recordó a un joyero de esos que decorábamos de niños para el día de la madre. Aunque no tenía nada especial, no podíamos dejar de mirarla. Yo quería que la abriera, pero no me atrevía a hablar. Era como si nos hubiera hipnotizado.

Incluso Camilo se había olvidado por una vez de sus bromas pesadas y la miraba embobado, atrapado como los demás por el magnetismo de aquel objeto. Petra continuó con su historia diciendo que, aunque ahora estaba descargada y podía parecer algo vulgar y nada interesante, esa caja era como una mezcla de DVD, videoconsola y caja de música que se cargaba con los sueños y los deseos del rey. Ni siquiera este comentario fantasioso, digno de un cuento de los hermanos Grimm, hizo que los chicos apartaran la vista de ella.

Cuando parecía que por fin iba a abrirla, se sacó con la otra mano el reloj del bolsillo de su chaleco, lo miró y abrió mucho los ojos y la boca. Cerró el reloj, lo volvió a abrir, miró otra vez y entonces se puso muy seria. El reloj estaba iluminado y, aunque Petra lo intentaba ocultar apretando la mano con fuerza, una luz anaranjada se escapaba entre sus dedos. Me imagino que no lo reconocerán nunca, pero estoy seguro de que algunos chicos se asustaron.

Sin soltar el reloj, Petra guardó con cuidado la caja en su bolso y se sentó, mirando al infinito mientras movía los labios a toda velocidad.

–Nunca la habíamos visto así de rara –me confesó luego Margot–. Era como si se hubiera ido, o como si pensara que estaba sola en la habitación. Hablaba tan rápido y tan bajito que no se le entendía. Se parecía a mi abuela y sus amigas cuando se juntan a rezar.

Muchos con los que hablé después me aseguraron que Camilo fue el primero en levantarse y preguntarle a Petra si se encontraba bien. Ella continuó en silencio y con la mirada perdida. Después de unos segundos así, volvió a mirar el reloj, lo guardó y dijo:

–Hemos terminado por hoy. Podéis salir al patio a esperar el cambio de clase.

Es fácil imaginarse en ese momento a toda la clase mirando sus relojes, buscándose unos a otros como pidiendo que alguien se pusiera a dar pellizcos para comprobar si estaban soñando.

Pero el asombro duró poco. Hasta que alguien tomó conciencia de lo que el anuncio de Petra significaba: llevaban menos de diez minutos allí y les acababan de regalar casi tres cuartos de hora extras de descanso. Y en menos tiempo del que tarda un barquillo en romperse cuando lo pisas, los primeros se levantaron y salieron pitando de la clase por si se le ocurría cambiar de opinión.

–El aula se fue vaciando y yo me quedé rezagada –me explicó Margot más tarde–. Mi intuición me decía que allí pasaba algo raro. Tú sabes mejor que nadie que la revista no es que vaya viento en popa. La gente ya no se entretiene con cotilleos sobre nuevos motes, resultados de la liga interna o sopas de letras en inglés, y aquello apestaba a noticia o, con algo de suerte, reportaje central. Cuando solo quedábamos Petra y yo, me acerqué a la puerta para cerrarla y, en ese momento, Tina Plá entró en la clase casi arrollándome y se abalanzó sobre la mesa de Petra mientras decía a trompicones:

–¡En el baño! Desmayado... ¡No se mueve!

Me puedo imaginar la cara de Margot al oír esto. No era difícil deducir que estaban hablando de mí. Hacía diez minutos que me había dejado triste, pero sano y salvo, en el baño. Mientras salían de clase, pudo escuchar a Petra decir para sí misma:

–Lo sé, lo sé. Llevo trescientos años temiendo este momento... Y ya está aquí.

Me lo contó casi en un susurro, enrollando y desenrollando su mechón rebelde en el dedo. Puedo hacerme una idea del escalofrío que debió recorrerle por la espalda al oír eso. Os aseguro que entonces, en su lugar, yo sí que me hubiera desmayado del susto.

***

Recuerdo oír una voz en mi cabeza que no dejaba de preguntarse por qué, cómo, dónde estaba. Junto a ella, escuché una especie de oración en un idioma que no había oído hasta entonces. Me llegaba como en sueños y tenía mucho calor. Sentí una presión en el pecho, como si quisiera escupir algo que me atragantara y no fuera posible. Con la idea en la cabeza de que me estaba ahogando intenté toser. Y por primera vez tuve miedo.

Debí moverme como un poseído, porque pronto escuché un montón de gritos a mi alrededor que, por un momento, taparon la voz de mi cabeza. Por encima de ellos, Petra exclamó:

–¡Silencio! ¡Todos fuera de aquí! Dejad que se despierte tranquilo.

Mientras la presión del pecho se me pasaba y el calor poco a poco desaparecía, empecé a abrir los ojos, pero la luz me hizo volver a cerrarlos. No quería despertarme, a pesar del malestar y de la voz que volvía a bombardear mi cabeza con sus preguntas. Después de unos segundos de lucha interna me obligué a abrirlos y, aún entre brumas, pude ver cómo el corrillo a mi alrededor se deshacía y todos miraban asombrados a Petra, que sostenía mi mano mientras seguía con su extraña oración. Normal. Era la primera vez que la habíamos visto gritar y ponerse seria.

En mi cabeza, la voz, cada vez más nerviosa, seguía dejando preguntas a medias. Era como llevar unos auriculares con música en los oídos y no poder quitártelos. "¿Pero cómo...? ¿Qué es...? ¿Dónde...? No puede ser que esté... ¿Quiénes son...?".

–Ma... Margot –exclamé intentando contestar a la última de las preguntas, con la esperanza de que la voz dejara de repetirse en mi cabeza.

No estaba en condiciones de preocuparme por eso, pero pude ver cómo algunos murmuraban entre risas al oírme.

Petra se giró hacia la puerta, donde Margot se había quedado parada un segundo. Estoy seguro de que se puso colorada. Camilo, que aún continuaba a mi lado, aprovechó la distracción para agacharse, meter la mano en mi bolsillo y llevarse el resto de sándwich.

–A mí no me la das, pringado. Si estás tan malito seguro que no te vas a tomar este bocata, ¿verdad? –susurró.

Y se fue dándole un mordisco.

No tenía fuerzas ni para asustarme. Solo cerré otra vez los ojos y apreté la mano de Petra, que aún sostenía la mía. Ella miró al resto de chicos que aún quedaban en el baño y, con la misma seguridad de antes, les ordenó que se fueran.

–Margot. Tú quédate –añadió suavizando un poco el tono.

Todo se fue calmando poco a poco; salvo la voz, que no dejaba de sonar en mi cerebro. Me llevé las manos a las orejas y empecé a agitar la cabeza, aunque sabía que así no iba a conseguir nada. Petra me ayudó a levantarme mientras Margot me miraba un poco asustada.

–¿Cómo te encuentras? –me preguntó la profesora–. ¿Sigues con calor y ahogos?

Fui a contestarle pero me quedé callado. ¿Cómo sabía que era eso lo que me pasaba? Margot debió pensar lo mismo, porque antes de que yo recuperara el habla preguntó:

–Pero ¿cómo sabes lo que le pasa? ¿Por qué está así?

Me incorporé sin dejar de taparme las orejas. Estaba ya un poco harto de tanta pregunta y tan poca respuesta.

–E... Estoy bien. Es solo que escucho una voz que no deja de preguntar y quejarse. Es como si se hubiera metido en mi cabeza.

–No está en tu cabeza, descuida –me intentó tranquilizar Petra–. Está aquí mismo, y es normal que esté nervioso y asustado. Acaba de llegar.

Cuando Petra terminó de hablar, la voz también se calló.

–¿Tú la escuchas? –preguntamos a la vez Margot y yo.

–¿Tú me escuchas? –añadió la voz, que se alzó por encima de las nuestras.

Petra miró hacia los espejos e, instintivamente, nosotros también. Allí no había nada. O, al menos, eso parecía. Después de unos segundos observando en silencio, noté como si una lupa gigante estuviera delante de los lavabos y los hiciera un poco más grandes. Luego la lupa se movió ligeramente y el espejo pareció ondularse.

–Te escucho y te veo –dijo por fin Petra–, y me imagino que Pablo también empieza a verte. Y tú, ¿nos ves a nosotros?

Muy despacio, como si alguien fuera dibujándolo en el aire, la imagen que había visto unos minutos antes en el espejo fue tomando forma. Era un chico más o menos de mi edad, algo más alto, rubio y peinado a cepillo. Tenía la cara alargada y lisa. Ni un solo grano. Llevaba un vaquero desgastado por las rodillas, un poco deshilachado en los bajos, y una camiseta blanca con un dibujo de dos caballeros peleando con sus espadas. Podía pasar por un alumno del Jonathan Swift si no te fijabas en sus ojos. Pero eso era totalmente imposible: redondos y naranjas, como los de una lechuza.

Y en ese momento nos miraban fijamente.

–S... sí, os veo. Y os oigo. ¿Dónde estoy?

Yo estaba paralizado. Mis pies habían echado raíces en el suelo y apretaba los dientes como si quisiera machacar avellanas con ellos. El chico rubio no dejaba de observarnos mientras se tocaba el cuerpo asegurándose de que todo estaba en su sitio. De repente alargó el brazo hacia mí y extendió la mano. Tenía la palma totalmente lisa, sin líneas ni arrugas. Intentó tocarme el hombro, pero su mano lo atravesó como si fuera de agua. Una lengua de frío se extendió por mi brazo. Avancé un paso e intenté tocarle la barbilla, pero mi dedo pasó a través de su mentón, aunque él pareció no darse cuenta.

Petra se acercó a nosotros, que nos mirábamos como si tuviésemos delante el eslabón perdido de la evolución humana. Margot, algo apartada, había sacado su cámara de fotos y miraba hacia donde estábamos. Estaba claro que no veía ni escuchaba al chico de los ojos de lechuza.

–¿Alguien puede contarme qué está pasando? –insistió Margot.

–¿Es... estoy muerto? –preguntó el chico, asustado.

–¿Es un fantasma? –dije dando un paso hacia atrás.

–¡Un fantasma! –exclamó Margot, dejando caer la cámara al suelo.

–Aquí no hay fantasmas ni nadie ha muerto –aclaró Petra–. Si esperáis un poco os lo explicaré todo. Lo primero, vamos a igualar las cosas. Margot, acércate. Voy a presentarte a...

–Laap –dijo el chico saludando con la mano a Margot, que buscaba desesperada a esa tercera persona a la que Petra y yo hablábamos.

Petra estaba distinta. Ya no era la abuela que arrastraba los pies por los pasillos del colegio y siempre sonreía. Se la veía segura y seria. Llevaba las gafas colgando sobre el pecho, se había estirado un poco y parecía más joven. Ofreció la mano a Margot, que se había agachado a recoger la cámara de fotos. Yo no podía apartar los ojos de Laap, que se había ido hacia una esquina del baño. Parecía asustado. Sus ojos brillaban como si estuviera a punto de llorar y se estaba mordiendo los nudillos de los dedos.

–Petra tiene razón –dije yo instintivamente–, ni los fantasmas ni los muertos se muerden los dedos.

–Laap, acércate tú también. En cuanto nos presentemos todos, podremos comenzar las explicaciones.

El chico caminó muy despacio hacia donde estábamos. Margot miraba a todas partes, asustada, como si estuviera buscando una sábana flotando por el aire con dos agujeros negros como ojos. Cuando Laap estuvo a nuestro lado, Petra empezó con las presentaciones:

–Este es Pablo. Con él tendrás que descubrir qué es lo que te ha traído a este lado.

Los dos nos miramos, pusimos media sonrisa y encogimos los hombros a modo de saludo.

–Yo soy Petra, la guardiana de este acceso. –Al oír esto, Laap abrió la boca y Petra le cortó con un gesto de la mano–. Y os ayudaré en todo lo que pueda.

Ahora las preguntas sí me las hacía yo en mi cabeza: Petra… ¿guardiana de un acceso? ¿A dónde?

–Y esta –continuó–, es Margot, que pasaba por aquí y la hemos reclutado para la banda del espejo.

Dijo esto mientras acercaba la mano de Margot hacia donde estaba Laap, todavía boquiabierto. Hizo que se rozaran mientras recitaba de nuevo sus oraciones y, en cuanto entraron en contacto, Laap sacudió la mano como si hubiera recibido un calambrazo. Margot cayó sentada al suelo y allí se quedó, con la boca tan abierta como la madriguera de un conejo.

Los ojos de Margot miraban alternativamente a Laap y a Petra, y pasaban apenas de refilón por donde yo estaba hasta que se quedaron quietos sobre Laap, que le dedicó una sonrisa de anuncio de dentífrico. Al instante, los carrillos de Margot indicaron que su temperatura corporal había subido dos grados y medio. Los mismos que yo acababa de perder mientras mi pecho pesaba como si llevara puesta una armadura y me venía a la cabeza uno de los refranes que solía decir mi abuela: "Qué poco dura la alegría en casa del pobre".

–Ayúdala a levantarse, Pablo –me ordenó Petra.

Me agaché e intenté agarrar la mano que Margot me lanzaba sin mirarme. Aún con la boca abierta, tenía los ojos puestos en Laap y no paraba de frotárselos como si acabara de despertarse.

–Déjalo –susurré–. No estás soñando, te lo aseguro. Ese... chico es tan real como Petra.

Al decir esto me di cuenta de que, después de lo que había visto y oído, Petra podía ser tan poco real como Laap. Y eso que aún no sabía que tenía trescientos años, por lo menos. Al pensar en esa posibilidad empecé a reírme nervioso. Margot lo interpretó como un signo de confianza y se relajó. Me agarró la mano, se puso en pie y me arrastró hasta donde estaba Laap, junto al lavabo. Se paró a un paso de él, me soltó y estiró el brazo, atravesándole. Ninguno de los dos pareció sentir nada. Laap incluso sonrió con superioridad. Parecía que la situación empezaba a resultarle cómoda. En ese momento me fijé que los caballeros de su camiseta estaban sentados y se habían quitado parte de las armaduras. Él notó mi sorpresa.

–Es lo último en camisetas. ¡Y solo me ha costado trece mil zarcos! –exclamó.

–El zarco es la moneda de Caltynia.

Antes de que Petra terminara de hablar, en la camiseta aparecieron dos caballos. Era como si fuese una pantalla en la que se proyectaban diapositivas. Laap pasó la mano sobre el dibujo y las figuras empezaron a moverse. Los caballeros se levantaron y se pusieron de nuevo sus armaduras mientras los caballos pastaban a su lado.

–Hay un montón diferentes. Les he pedido a mis padres una de Luzclaire Bifaz para mi próximo paso de estrella. En algunas incluso se la oye cantar.

Monedas extrañas, ciudades con nombre de cuento, camisetas que parecían televisiones... Mi cabeza estaba a punto de sufrir una indigestión. Sin embargo, Margot había superado su pasmo inicial, lo estaba anotando todo en su cuaderno y acababa de encender la cámara de fotos.

–¿Qué haces con esa caja? ¿Qué es ese ruido? –preguntó el recién llegado al oír el clic del disparador.

–No... no existe. No sale en las fotos... –balbuceó Margot mientras me enseñaba la pantalla de la cámara.

En efecto, solo se veía el baño con Margot, Petra y yo reflejados en el espejo. Ni rastro de Laap.

–¿Eso es un capturador de imágenes? –preguntó Laap ensayando de nuevo su sonrisa televisiva y pasándose la mano por el pelo–. Pues tiene que ser viejo. No lo he visto ni siquiera en el museo.

–Supongo que esto tenía que ocurrir tarde o temprano –suspiró Petra tomando la cámara–, pero no pensaba que iba a tocar en mi puerta. Y menos con dos testigos... En fin, es lo que hay. Chicos, dejad que os explique algo.

Los tres la miramos como si quisiéramos absorber sus pensamientos. Petra vaciló un instante pero se repuso y empezó a hablar, mirando directamente a Laap.

–Estás aquí porque habéis abierto una puerta entre este mundo y Caltynia. En concreto, la puerta de Meldior. Eso no sucedía desde hace más de trescientos años... Pero este no es sitio para hablar de algo tan importante. Vamos a mi despacho.

Margot y yo no necesitamos escucharlo otra vez. Recogimos nuestras mochilas y fuimos hacia la puerta del baño.

—Tú también, Laap —insistió Petra.

—Yo no recibo órdenes de desterrados. No voy a ir a ningún sitio contigo. Eres una témplaris, una traidora al pueblo caltyo. Lo que no me explico es cómo sigues aún viva. Supongo que algo tiene que ver con el hecho de que pasees libremente por el otro lado. Pero se te ha terminado la suerte. Si habéis abierto la puerta, es vuestro problema. Yo me vuelvo a casa. Tengo mucho que contar al Consejo. Encantado de conoceros.

Laap se dio la vuelta y caminó hacia los lavabos. Su cara en el espejo miraba a Petra desafiante. Ella apretó los labios.

—Creo que no me has entendido, Laap —dijo—. La puerta necesita dos fuerzas para abrirse. Una de este mundo y otra del tuyo. Y, que yo sepa, el único ser de esta habitación que ha atravesado el espejo eres tú. Es a ti y a Pablo a quienes os corresponde cerrar lo que se ha abierto.

Laap fue a decir algo. El desafío había desaparecido de sus ojos. Se pasó la lengua por los labios y, lejos de hacer caso a Petra, siguió acercándose al espejo. Margot no dejaba de escribir en el cuaderno. Petra se había relajado. Ya no apretaba los labios. Aun así, en su mirada quedaba un resto de tristeza.

Laap llegó a los lavabos y, con precaución, estiró el brazo y rozó el espejo con la mano. Al ver que esta lo atravesaba se le iluminó la cara. Se dio la vuelta triunfante, sonrió y agitó la otra mano como si estuviera apagando una cerilla antes de intentar atravesar con ella la luna del espejo. No pasó nada.

Insistió estirando, como si quisiera abrirlo para poder pasar a través de él, pero se dio cuenta de que el espejo se había vuelto elástico. Era imposible meter los dedos más allá de unos centímetros. Lo intentó un poco más sin mucha fe hasta que dejó caer sus brazos a los lados, resignado.

Petra suspiró de nuevo y se acercó a él, que había perdido el brillo de la cara y ya no sonreía.

–Me temo que volver a tu mundo va a costarte un poco más de lo que te supuso entrar en este. La buena noticia es que no estás solo. Nosotros te ayudaremos.

Ayudarle. ¿Cómo? ¿A qué? Margot y yo nos miramos.

En ese momento ni siquiera podíamos imaginar adónde nos llevarían las palabras de Petra.

3. EL VISITANTE DEL OTRO LADO

–¿Tú sabías que la Abuel... Petra tenía un despacho? –pregunté a Margot en un susurro.

–Ni idea.

Estábamos en las escaleras de incendios. Llegamos a una puerta de emergencia que daba al acceso a la azotea. Además de la barra de apertura, tenía un pomo que parecía estropeado y una pegatina enorme prohibiendo el paso, pero Petra la ignoró y la abrió.

Yo ya había estado allí. Alguna vez, escapándome de Camilo, llegué hasta esa puerta y la había cruzado para encontrarme en un descansillo del que salía un estrecho tramo de escaleras hacia la azotea. Una vez incluso vi cómo Miguel, el conserje, salía por allí desenvolviendo su bocadillo de mediodía.

Por eso me quedé sin habla cuando, al abrirla Petra, entramos directamente en una habitación no muy amplia, atiborrada de libros y cachivaches. Tan lleno estaba que apenas cabía una mesa de trabajo y un sofá, ambos también atestados de papeles y objetos de lo más extraños. Los libros combaban las baldas de un mueble con seis estantes. Y otros muchos se apilaban por el suelo en columnas muy poco estables. Frente a la estantería, en la pared, había un extraño reloj de pared cuyo tic-tac sonaba acelerado, como si estuviera anunciando que algo estaba a punto de estallar.

Margot miraba todo entusiasmada, solo le faltaba relamerse. Tan concentrada estaba que no hacía caso de su mechón rebelde. Se me pasó por la cabeza alargar la mano y quitárselo de la cara, pero no me atreví. Buscó la cámara en la mochila hasta que recordó que la llevaba Petra. Fue a pedírsela, pero la Abuela la miró sonriendo e incluso yo entendí que en ese lugar no iba a poder hacer ni una sola foto. Había figuras que parecían de porcelana; cajas de diferentes formas, objetos flotando en líquidos brillantes dentro de botellas, dados, una pequeña colección de algo parecido a cámaras de fotos, discos de metal como monedas de diferentes tamaños...

Laap, por su parte, paseaba despreocupado. Aunque Petra insistió en que no era un fantasma, viendo su comportamiento eso era algo muy difícil de creer. Parecía divertirse atravesando los objetos, la estantería, pilas de libros... o perdiéndose dentro de ellos, como si se lo hubieran tragado. Cuando desapareció en la estantería, por un segundo imaginé que todo había terminado, que habría vuelto al libro del que era protagonista. Pero no tardó en reaparecer. De vez en cuando exclamaba algo incomprensible al tiempo que intentaba sujetar algún objeto con las manos sin suerte. Solo yo estaba paralizado, como si me hubieran convertido en una estatua de cera.

–No toquéis nada, por favor. Bueno, a ti no tengo que prohibírtelo –dijo Petra mirando a Laap, que se estaba empezando a enfadar porque no podía agarrar nada.

–Muy graciosa...

–Sentaos... si encontráis dónde –nos invitó mientras apartaba del sofá un montón de papeles y una caja llena de algo parecido a pequeñas pelotas de goma de color gris plateado que empezaron a entrechocar.

–¡Son desbloqueadoras! –exclamó Laap–. ¡Existen!

–¡Pues claro que existen! ¿No me digas que en el otro lado no os enseñan botánica?

–No, no. Ya sé que son de verdad –se apresuró a aclarar Laap–. Es solo que en Caltynia hace siglos que no se ven. ¿Están madurando?

Margot y yo nos asomamos a la caja que Petra había puesto sobre la mesa. Las bolas estaban quietas y rugían como barrigas hambrientas. De repente, una de ellas se abrió como si fuera un huevo y de su interior salió otra pequeña bola, esta vez dorada. Petra separó la cáscara con cuidado y la guardó en una bolsa de tela.

–Llevan unos días eclosionando. Estas son las últimas. Las guardo para replantar.

–¿Qué son las desbloqueadoras? –preguntó Margot.

–En realidad son frutos de brex, un arbusto muy extendido en nuestro mundo; al menos hace trescientos años –explicó Petra mirando intrigada a Laap–. Tienen muchas propiedades. La resina, por ejemplo, que suelta su corteza es un adhesivo imposible de despegar por métodos convencionales.

–Sylt –murmuró Laap.

–En efecto. Y el fruto del interior es un desbloqueador de mentes. Ayuda a encontrar soluciones a, digamos, problemas difíciles.

–Pero no siempre acierta –interrumpió Laap–. A veces da ideas muy locas.

–Por eso no pueden tomarse estando solo. Es necesario tener cerca a alguien sensato que sepa discernir cuál de las soluciones es la más adecuada a cada caso. Pero no estamos aquí para hablar de botánica, ¿verdad? Venga, sentaos y dejad que os cuente.

Petra me pidió que sujetara la caja de desbloqueadoras mientras ella daba cuerda a su reloj y murmuraba algo antes de volver a guardarlo en el bolsillo de su chaleco. Después sacó tres libros de la estantería y los dejó sobre la mesa. Oímos un ruido, como si alguien arrastrara algo pesado. Petra se acercó a los estantes y apartó unas piedras, dejando a la vista un hueco en la pared. Me pidió la caja de nuevo y tuvo que quitármela de las manos porque aquello me había dejado sin capacidad de reacción. La metió en el hueco de la pared y, como si fuera un armario, lo cerró, volviendo a colocar las piedras en su sitio. Antes de poner los libros en su lugar de nuevo, volvió a mirar el reloj. Era como si hubiera cronometrado el tiempo que había empleado en la operación y, por cómo sonreía, debía ser una buena marca.

Miré a Margot. Se le había caído el bolígrafo y no sabría decir si tenía más abiertos los ojos o la boca.

–Supongo que esas caras se deben a que es la primera vez que veis un cofremuro. Es algo más sofisticado que una de vuestras cajas fuertes, pero cumple la misma función.

Cuando todo estuvo en su sitio, se sentó en el sofá y se dispuso a hablarnos. Mientras Margot y yo decidíamos sentarnos en el suelo, Laap siguió paseando por la habitación. De vez en cuando oíamos una exclamación de sorpresa seguida de una palabra extraña.

–Veamos, por dónde empezar...

–¿Do... dónde estamos? –me atreví por fin a preguntar.

–En mi despacho.

–Pero la puerta por la que hemos entrado...

Petra pareció extrañarse por un momento, pero al instante agitó la mano delante de su cara, como si quisiera espantar una mosca o un pensamiento poco importante.

–Sí, sí, ya sé. Nos hemos quedado unos segundos antes de la azotea.

–¿Unos segundos antes? –dijimos Laap y yo.

Eso de hablar a la vez se estaba convirtiendo en costumbre.

Petra suspiró y comenzó su historia.

–Veo que tendré que empezar desde muy atrás. Este edificio ha cambiado mucho en los últimos trescientos años. Primero fue el taller y la vivienda de un comerciante y artesano del cuero que amaba demasiado los libros. Podéis ver en las estanterías varios ejemplares de su colección privada que él mismo encuadernó. Después pasó a ser la vivienda de un prestamista, una importante fábrica de relojes... Más tarde se convirtió en oficina de patentes e inventos y, por fin, desde hace cuarenta años, en el instituto que conocéis. Y lo único que se ha conservado durante estos trescientos años ha sido este despacho y la puerta de comunicación entre los dos mundos.

–Pero eso es imposible –afirmó Margot–. El espejo del baño no tiene trescientos años.

–Tienes razón, Margot, pero sí hay en este colegio algo que tiene esos años. Y no es casualidad que esté justo detrás de él, en vuestra futura aula de informática –dijo Petra, marcando exageradamente la palabra "futura".

–El muro de Swift... –Esta vez fuimos Margot y yo los que hablamos al unísono.

–Sí, el bueno de Jonathan nos hizo un gran favor, aunque he de decir que fue un intercambio justo. Antes de venir a España y dejar aquí su firma, pudo pasearse por nuestras siete repúblicas: Líliput, Brobdingnang, Balnibarbi, Laputa, Luggnagg, Glubbdubdrib e incluso la tierra de los Houyhnhnms.

–Pero esos lugares... –comenté.

–Existen, por supuesto, aunque Swift se permitió, digamos, ciertas licencias al hablar de sus habitantes. Dejad que os dé una rápida lección de geografía caltya.

Dijo esto mientras se levantaba a por uno de los volúmenes que acababa de colocar. Parecía un libro de texto muy grueso. Se notaba que solía consultarlo a menudo.

–Me imagino que este libro te suena, Laap.

–Es el *Manual de historia caltya* que usamos para estudiar. Pero este libro tiene solo...

–Cincuenta años exactamente. Es muy exhaustivo. En él se recoge el episodio de nuestra expulsión con todo detalle. Te preguntarás cómo es que lo tengo aquí si hace trescientos años que salí de Caltynia. Es un regalo directo de Samsa, el rey actual, y cada uno de los seis témplaris tenemos el nuestro. Nos lo hizo llegar el día del 250 aniversario de nuestro destierro. Es un recordatorio de que el pueblo caltyo no está dispuesto a olvidar y lo único que ha cruzado las puertas en estos trescientos años, hasta que has aparecido tú.

Lo abrió y nos mostró un mapa.

–Mucho de lo que os puedo contar os sonará de mis historias –continuó con cierto tono melancólico–. El reino de Caltynia limita al noroeste con Octia y al noreste con la Tierra Nueva. Se separa de esos territorios por el río Rzeka y por las montañas Gorá, respectivamente. Al sur está el gran bosque de Tejos, que comunica las ciudades de Maylake y Nátub con las siete repúblicas que ya conocéis de *Los viajes de Gulliver*. Al este, la ciudad sagrada de Abling, donde todos los caltyos guardamos algo nuestro, normalmente el primer diente. Y por último, al norte, cerca de las fronteras, está Meldior, la capital. Cada una de estas ciudades tiene una puerta de conexión con vuestro mundo.

–Y Gulliver...

–Sí, claro, mejor vamos poco a poco. Gulliver fue un invento. Es el nombre que eligió el señor Swift para su aventurero. Aunque muchos defienden que detrás de él está nuestro héroe nacional: Meulel. Pero puedo aseguraros que no es cierto. Gulliver nació en una agradable velada con Fionny, la guardiana de la puerta de la catedral de Saint Patrick.

Podéis imaginar cómo nos quedamos al enterarnos de aquello: ¡los viajes de Gulliver eran reales! Según nos contó Petra, interrumpida de vez en cuando por los comentarios de Laap, Jonathan Swift fue uno de los últimos humanos que pudo moverse sin restricciones por aquel lugar poco antes de que se empezaran a cerrar las puertas. Vino a España con el objetivo de visitar Meldior pero, en el último momento, no pudo hacerlo porque el príncipe Abletum murió en una emboscada y eso desencadenó los acontecimientos que llevaron a la clausura de las puertas. Fue entonces cuando, para asegurarse de que la puerta permanecería allí hasta que pudiera volver a abrirse, se les ocurrió la idea de que un grafiti original del futuro autor de *Los viajes de Gulliver* era un excelente salvoconducto.

—Mientras nadie derribara la casa —nos dijo—, no habría problema. Y eso no ocurriría si seguía en manos de la misma familia. Pero nada nos lo podía asegurar. Por eso decidimos que dejara constancia de su visita con algo que, con el tiempo, se convirtiera en un pedazo de la historia del que nadie quisiera deshacerse. La casa tardó casi doscientos años en cambiar de manos. En ese tiempo, Swift se hizo famoso mundialmente, así que no fue difícil convencer a los nuevos dueños de que una pared en la que el autor de los míticos viajes de Gulliver había escrito por primera vez el nombre que inventó para su amada debía salvaguardarse. Por si acaso, yo misma me ocupé de que los poderes públicos se encargaran desde entonces de su conservación.

Petra hizo una pausa para sacarse el reloj del bolsillo del chaleco y consultarlo. Margot y yo no habíamos movido ni un pelo durante su narración. Ahora esperábamos que concluyera conteniendo la respiración.

—Os preguntaréis por qué no se puede clausurar definitivamente una puerta o hacerla desaparecer... Técnicamente, es posible. El problema son las consecuencias.

—¿Consecuencias? —se atrevió a preguntar Margot.

—Sí. Os pondré un ejemplo. Supongo que os sonará el nombre de Atlantis. —Los dos asentimos con la cabeza—. En una de sus casas que acabó derrumbándose estaba la puerta de acceso a la ciudad de Het. Desde entonces, Caltynia solo tiene cuatro ciudades y una federación de repúblicas, y vosotros conocéis Atlantis como *El continente perdido*.

Poco más había que añadir a su discurso. Estaba meridianamente claro lo que había en juego alrededor de aquella piedra/puerta. Pero aún quedaban varios enigmas sin respuesta.

–Y este despacho... ¿Cómo...?

–¿... es posible? –se adelantó Petra a mi pregunta–. Bueno, digamos que este es un sitio entre dos lugares. Ahora mismo no estamos ni en vuestro colegio ni en el mundo de Laap.

–Un rincón de destierro... –comentó Laap entrando en la conversación–. Se crearon para controlar a los desterrados. Ellos tienen que pasar al menos seis horas al día en esta habitación e informar desde aquí al Consejo. Es un lugar de comunicación entre los dos lados.

–Entonces, tu... gente ¿nos está viendo ahora? –preguntó Margot mirando a todas partes.

Laap abrió muchos sus ojos naranjas.

–No. Solo pueden vernos si yo abro el canal.

–Pero, si tú decides no comunicarte, ¿cómo te vigilan? –preguntó Laap incrédulo.

–Soy una de las témplaris, con categoría de Maestra Caltya –respondió Petra remangándose la camisa y enseñándonos una "T" roja y una corona tatuadas en su brazo–. Es mi obligación y nunca se me ocurriría dejar de hacerlo. Pero tampoco os he traído aquí para hablar de mí. Quedaos con que estáis en un lugar seguro. De hecho, el más seguro que pueda existir en cualquiera de los mundos. Y ahora, dejadme que os cuente de dónde viene Laap y por qué está aquí.

4. LEYENDAS QUE SON HISTORIA

–¿No os ha pasado nunca al miraros a un espejo que, por un segundo, habéis tenido la impresión de ver algo distinto a vuestra imagen? –disparó Petra a bocajarro–. Ocurre muy a menudo, aunque la mayoría de las veces no nos fijamos. Suelen ser pequeños detalles, como que vuestro reflejo tiene las uñas más largas o el color de los ojos diferente... Cuando nos damos cuenta solemos achacarlo a que acabamos de levantarnos, tenemos sueño o a algo que se nos ha metido en el ojo. Como mucho nos frotamos la cara y, al volver a mirar, todo está como debería y nos quedamos tranquilos pensando que solo ha sido una mala pasada de nuestra imaginación.

Margot fue a hablar, pero cambió de idea. Empezó a sonrojarse, como si hubiera recordado algo que le avergonzara. Yo levanté el brazo izquierdo.

–Baja la mano, Pablo, que no estamos en clase. Me imagino que lo que vas a decirnos es que eso es exactamente lo que te ha pasado en el baño hace un rato, ¿verdad?

–Sí, me he mirado en el espejo y me he... le he visto –dije señalando a Laap–. Estaba limpiándose algo de la cara. Después he tocado el cristal y...

–Despacio, Pablo –me interrumpió Petra–. Vamos paso a paso, que lo que os voy a contar es difícil de digerir. En nuestra dimensión existen dos mundos separados que se necesitan para existir. No es que sean uno calco del otro; ni siquiera un reflejo. En ese sentido son totalmente independientes, pero están comunicados por seis puertas, vigiladas por sendos guardianes. Cada una de las ciudades que os he enseñado tiene una de esas puertas, excepto Meldior, la capital, que tiene dos. Yo soy la guardiana de una de ellas. En concreto, de la que está en el espejo del baño de chicas de la tercera planta del Jonathan Swift. Antiguamente las puertas estaban abiertas y la comunicación entre mundos era fluida. No quiero decir que la gente pasara de un lado a otro como quien cruza la calle. Realmente el paso estaba solo permitido a unos pocos como Swift: grupos selectos de ambos lados que compartían e intercambiaban conocimientos.

–¿Qué tipo de conocimiento? –preguntó Margot, que seguía tomando notas en su libreta.

–Un rudimentario prototipo de esa camiseta que lleva Laap –continuó Petra con su relato–, fue diseñado por Leonardo

Da Vinci en Florencia, y el origen de lo que a este lado conocéis como electricidad viene de los descubrimientos de Baleto, nuestro más insigne científico. Podría poneros muchos más ejemplos, pero no quiero aburriros con una clase de historia comparada. El caso es que, hace más de trescientos años, un grupo de rebeldes de Caltynia quiso aprovechar la comunicación entre los dos mundos para su beneficio y empezó a comerciar con objetos que despertaban una enorme curiosidad entre los habitantes de ambos lados.

–Los mercaderes... –dijo Margot apenas en un susurro.

Petra le dio la razón afirmando con la cabeza.

–Poco a poco los dos mundos se fueron contaminando indiscriminadamente con todo tipo de objetos que nos costó decenios hacer desaparecer, y más aún borrar de las memorias y la historia. Supongo que todo esto te suena un poco, ¿no, Laap?

Laap asintió con la cabeza. Estaba tan metido en la historia como nosotros y no se había dado cuenta de que llevaba un rato jugueteando con uno de los discos de metal entre los dedos de la mano derecha.

–Laap –le señalé–. Puedes tocarlos...

Miró la mano y, al instante, el disco cayó al suelo, atravesándola como si fuera una nube.

–Espero que ahora os convenzáis de que no es un fantasma. Puede atravesar paredes, desaparecer de nuestra vista metiéndose en un sofá o una estantería... pero también manipular los objetos –aseguró Petra al tiempo que le lanzaba un lápiz que pasó a través de su pecho antes de estrellarse contra la estantería–. Solo es cuestión de estar concentrado.

–Entonces –preguntó Margot volviendo al tema principal–, tus historias sobre los mercaderes, las guerras con los octios... ¿son ciertas?

–Por supuesto que lo son... en Caltynia. A este lado se escuchan como meros cuentos, al igual que allí los niños se duermen escuchando las aventuras de la llegada a la luna o los viajes de Marco Polo. La cuestión es que, aunque se controló a los mercaderes, algunos caltyos y hombres ambiciosos siguieron con el contrabando, a pesar de los duros castigos que se establecieron a ambos lados para ellos. No eran demasiados, y podría haberse llevado sin dificultad de no ser por la tragedia de Abletum.

–El príncipe Abletum...

–Los témplaris...

–El viaje a la luna, Marco Polo...

–¿Todo es verdad? –preguntamos los tres a coro.

Cada vez nos salía mejor eso de hablar al mismo tiempo.

–Sí, todo es cierto. Aunque muchas cosas no se han contado exactamente como fueron –respondió Petra mirando fijamente a Laap.

Laap no decía nada. Se le veía sorprendido, incluso un poco nervioso. Se dio la vuelta y buscó entre los libros de la estantería hasta dar con el volumen que Petra nos había enseñado antes.

–Ser un témplaris era el sueño de todos los jóvenes que entraban a servir al rey –empezó a contar sin mirarnos–. Eran... erais el cuerpo de élite protector de la vida y el honor del rey y su familia. La gente os admiraba y envidiaba a partes iguales. Durante la guerra con los octios, un grupo de témplaris se quedó en palacio protegiendo al príncipe y al resto de la familia real mientras los demás fueron al frente con el rey Mésilon. En Gorá, los octios os sorprendieron. El rey tuvo un sueño premonitorio pero Cartio, vuestro gran maestro, no hizo caso y eso llevó al ejército al desastre. Fue la vez que más cerca estuvieron los octios de acabar con Mésilon. Si no lo hicieron fue por el sacrificio de los témplaris, que resistieron y cubrieron su retirada. Murieron todos.

–Fueron unos héroes –continuó Petra–: Cartio, Bleng, Salumnia... todos cumplieron su promesa de fidelidad al rey hasta el final. Y nosotros habríamos seguido haciéndolo, de no ser por la tragedia de Abletum.

Laap se dio la vuelta. Todo él tenía una apariencia de dibujo mal borrado. Solo sus ojos naranjas destacaban como luces de un faro en la niebla.

–Mejor deberías decir la traición de los témplaris –dijo con voz firme–. Vosotros manchasteis su imagen para siempre abandonando a Abletum.

Petra agachó la cabeza. De nuevo volvió a parecer la abuelita que arrastraba las zapatillas y llevaba las gafas colgando sobre el pecho.

–Recibisteis la noticia de la muerte de vuestros compañeros y culpasteis al rey del desastre –continuó Laap–. No quisisteis oírle, no le disteis la oportunidad de que os contara la verdad. Pensasteis que él los había llevado a la muerte por un capricho absurdo... y decidisteis vengaros. Así, en una escaramuza con un grupo de mercaderes, los seis témplaris de los que tú formabas parte abandonaron al príncipe. Los contrabandistas acabaron con él y después os buscaron para terminar su masacre. Pero supisteis esconderos hasta que el ejército os encontró; y nosotros, el pueblo caltyo, decidimos ejecutaros.

La historia cada vez se parecía más a una serie de televisión. Hacía tiempo que Margot no escribía nada en su cuaderno y yo me había hecho sangre en un dedo de tanto morderme la uña. Laap miraba a Petra apretando los labios en una mueca mitad de rabia, mitad de desprecio. Yo quería preguntar cómo era posible que Petra siguiera viva si habían decidido ejecutarla. No tenía ningún sentido... a no ser que Petra ya estuviera muerta. El mero hecho de que esta idea se asomase a mi cabeza me hizo sentir un escalofrío desde el cuello hasta los pies. Mientras me estremecía miré a Margot, que parecía igual de asustada que yo. Se giró y noté cómo sus ojos me pedían ayuda. Al instante, mi temor se disolvió como una medicina efervescente en el agua.

–Y si no estáis muertos es porque el rey encontró un castigo peor para vosotros.

Me acerqué un poco más a ella, la chica del instituto a quien mejor le sienta el miedo, y cuando iba a apoyar mi mano en su hombro levantó la cabeza un poco. Su mirada me traspasó… para posarse sobre Laap, que sonreía entre dos pilas de libros. Ella le respondió con un gesto similar y se recolocó el mechón del pelo. Después bajó la mirada. Se había sonrojado. Me retiré un poco mientras Laap, sin dejar de sonreír, me miraba ahora a mí. Sus ojos decían: "Deja a los profesionales que actúen, chaval".

–El avance de los octios y el temor a un ataque sobre la capital después de su victoria en Gorá provocó un gran desorden político y social, cosa que aprovecharon los mercaderes para renacer y seguir con sus trapicheos –retomó la historia Petra–. Pronto estos intercambios se hicieron con todo descaro y muchos humanos murieron por el mal uso de los objetos caltyos. A pesar del riesgo que suponía, Mésilon valoró cerrar algunas de las puertas permanentemente. Eso cortaría de raíz el comercio, pero también cualquier otra comunicación entre los dos mundos, que seguirían conectados pero ciegos.

–Esto parece una entrega de *El Señor de los Anillos* –susurré a Margot, intentando recuperar su atención; aunque solo logré una mirada de reproche.

–Los témplaris llevábamos un tiempo estudiando cómo mantener las puertas vigiladas –continuó Petra su relato–. Son lugares de paso espaciotemporal, así que no bastaba con tener un centinela que pidiera la contraseña a quien quisiera pasar. Por eso, la opción más segura era crear estos espacios de control fuera de los dos mundos. Habíamos probado varios prototipos, pero todos tenían la misma pega: al no estar ni aquí ni allí, en estos lugares las reglas de tiempo y espacio no rigen. Son, digamos, permeables. Y no sabíamos qué le podría pasar a quien permaneciera cierto tiempo en ellos. Cuando murió Abletum, Mésilon nos dio a elegir entre la muerte o el destierro en estos lugares, sirviendo de guardianes de las puertas.

–Os perdonó la vida… –dijo Margot.

–Nos dio una oportunidad –matizó Petra–. Los resultados de los experimentos con plantas e insectos no eran claros. Unos envejecían muy deprisa, otros parecían estancarse en una edad, varios perdían facultades de movimiento... Nada concluyente. Solo había una cosa segura: permanecer demasiado tiempo en estas cápsulas temporales tenía efectos. Y todo apuntaba a que nada positivos. Aun así no lo dudamos. Aceptamos ser los guardianes de las puertas y en estos trescientos años nos hemos encargado de controlar el flujo de conocimientos ente los dos mundos e impedir que las personas crucen de uno a otro lado. Hasta hoy.

–Entonces, nosotros... ¿estamos en peligro? –preguntó Margot.

–No, no te preocupes, en estos trescientos años hemos podido comprobar que estos efectos se producen en largas estancias. Vosotros no permaneceréis aquí más de veinte o treinta minutos. Lo único extraño que notaréis al salir es que, en vuestro mundo, habrán pasado un par de horas.

–¿Me voy a saltar la clase de Matemáticas? –pregunté poniéndome de pie de un salto–. ¡Hoy tengo examen!

Puede sonar estúpido que me preocupase por un examen en ese momento, pero me iba a tocar explicar en casa por qué no lo había hecho. Y mis padres no se iban a tragar ni una coma de una historia en la que hubiera seres ectoplásmicos, profesores de más de trescientos años y mundos paralelos donde las camisetas parecen tabletas de última generación.

–Tranquilo, Pablo. Yo hablaré con Bustillo y te lo hará en otro momento. Y si es necesario también hablaré con tus padres. Supongo que ya os habréis fijado en el reloj, que parece que se ha tomado un par de bebidas energéticas –comentó señalando a la pared–. Está marcando el tiempo real, por eso va tan acelerado. Cuatro veces más deprisa, para ser exactos.

–Si por quince minutos aquí dentro pasa una hora real –reflexionó Margot en voz alta–, entonces, cuando tú entras aquí...

–Yo tengo que pasar seis horas al día aquí dentro, para presentar mi informe y hablar con el Consejo. Os aseguro que no fue fácil en los momentos de cambio de uso del edificio. Y sí, esas seis horas aquí son un día completo en el Jonathan Swift.

–Por eso hay días que tú no estás en el colegio...

–Exacto.

–Pero, entonces –intervino Laap sorprendido–, ese castigo peor que la muerte es… ¿vivir cuatro veces más?

Petra suspiró de nuevo, se llevó la mano a la cara y se quitó lo que parecían unas lentillas descubriendo unos ojos naranjas, sin pupila, como los de Laap. Pero los suyos eran diferentes. Eran… más tristes y profundos. Supongo que podría decirse que eran ojos con arrugas, viejos y cansados.

–Sí, Laap. Ese es el castigo. Me imagino que a tu edad la perspectiva de vivir más de trescientos años es un regalo. Te ves disfrutando de la juventud, la libertad... Pero te olvidas de que nosotros la libertad la perdimos antes incluso que la juventud. Te aseguro que este tiempo extra sin ninguna de esas dos cosas es más duro que la muerte. Y, aunque no lo comprendas, puedo asegurarte que también con juventud y libertad es un castigo cruel. Pero si te quedas más tranquilo, te diré que cuando nos nombraron guardianes no se sabía que esa iba a ser nuestra condena. Y ahora nadie se acuerda de nosotros ni de nuestras hazañas. Sí de nuestras... traiciones –concedió Petra–. Y te garantizo que no pasamos un día sin recordar la hora exacta en la que salimos de nuestra tierra. Clovis Frime, el bardo, compuso un romance para nuestra despedida.

Laap comenzó a recitar:

–"El sol del atardecer /fue testigo en su desmayo. /Mi esperanza se escapó..."

–"... montada en su último rayo" –terminó Petra la estrofa–. Ahora somos una leyenda. Todos nos dan por muertos salvo el rey, el Consejo y, desde este momento, tú.

Petra tenía razón al decir que todo eso era difícil de digerir, y no porque no conociéramos la historia. Laap había incorporado algunos detalles sobre la traición de los témplaris que ella nunca había mencionado pero, por lo demás, a grandes rasgos, todo lo que nos dijo era lo que nos contaba en sus clases. La diferencia estaba en que ahora habían dejado de ser cuentos. La presencia de Laap demostraba que todo aquello era cierto, parte de la historia de otro lugar, otro espacio. Otro tiempo.

Un enjambre despiadado de preguntas zumbaba en mi cabeza. Algunas, prácticas; otras, simples curiosidades; varias que buscaban deshacer –o corroborar– miedos... Pero entre todas, una destacaba como pregunta reina:

–Y, ¿cómo ha llegado Laap aquí?

–Esa es la pregunta que nos ha reunido. Hasta ahora, entre Laap y yo os hemos contado algunas historias y detalles que os pueden dar una idea de cómo es nuestro mundo. Es el momento de entrar en el caso que nos ocupa.

Margot quiso también preguntar algo, pero Petra, con mucha calma y una sonrisa, alzó la mano para mandarla callar.

–Laap y Pablo han abierto la puerta porque no solo se han visto, sino que también se han tocado. Además de esta posibilidad, solo por voluntad de los guardianes y del Consejo puede abrirse el paso entre los mundos.

–¿Así de fácil? –preguntó Laap con sorna–. ¿Tocando el espejo a la vez y ya está? ¿Y dices que no ha ocurrido en trescientos años?

–Puede parecer casual, pero nada más lejos de la realidad. En muchas ocasiones ha habido roces entre, llamémoslos, reflejos. Pero ninguno hasta ahora había abierto la puerta.

–¿Y por qué ha ocurrido esta vez? –me atreví a cuestionar.

–Porque tú y Laap tenéis algo que resolver. Al contactar habéis creado un vínculo que se puede manifestar de muchas maneras. Es probable que empecéis a notar que pensáis igual, llegáis a las mismas conclusiones, habláis a la vez quitándoos la palabra... Incluso tal vez podáis comunicaros estando uno lejos del otro.

–¿Cómo? –preguntamos los dos al mismo tiempo.

–No lo sé. Puede que notéis uno el peligro del otro o que soñéis lo mismo... Lo que os garantizo es que este vínculo tiene una razón de ser, y es muy potente. Laap no podrá volver a su mundo hasta que resolváis lo que os ha hecho uniros. Y, cuando lo haga, seguiréis por siempre vinculados el uno al otro. Ahora, salid de aquí. Tengo que convocar una reunión de urgencia con el resto de guardianes.

Margot nos miró. Petra nos miró. Nosotros nos miramos. No es que me emocionara especialmente permanecer unido de algún modo extraño a un ser que no era ni fantasma ni persona, pero ya me había dado cuenta desde el principio de que en esta historia mi opinión iba a ser poco tenida en cuenta. Así que sonreí a mi nuevo colega nebuloso.

Laap me respondió con una mezcla de asombro y desprecio, como haría un príncipe al que le han sugerido que comparta habitación en un hotel con el peluquero.

–¿Y qué misión tengo yo que resolver aquí, junto a este? –preguntó con tono altivo.

–Me llamo Pablo –acerté a decir ante la cara asombrada de Margot.

–Pues me temo que eso es lo que tendremos que averiguar... si es que quieres volver a tu mundo –sentenció Margot guiñándome un ojo.

5. ¿POR QUÉ ESTOY AQUÍ?

Cuando salimos del despacho faltaba media hora para el final de las clases. Mientras mis compañeros estaban exprimiéndose los sesos entre ecuaciones y polinomios, nosotros nos sentamos en las escaleras de emergencia a terminar de digerir lo que Petra nos había revelado.

–No puedo creerme que todos esos cuentos sean verdad.

–Pues ya va siendo hora de que lo hagas, Pablo. Laap es la prueba viva de que así es.

–Esa es la cuestión, que todavía pienso que estoy soñando. Además, no me negarás que muy vivo no parece...

–Oye, ¿acabamos de conocernos y ya me estás matando? –terció Laap fingiéndose ofendido. Estaba sentado entre Margot y yo, concentrado en pasarse monedas de una mano a otra. De vez en cuando se distraía y las monedas rodaban por las escaleras–. Estoy más vivo que un arbusto de tercilia perenne.

–Vale, no vamos a insistir en este tema –zanjó Margot–. Estás vivo en estado neblinoso...

–Nebuloso. Petra ha dicho nebuloso –maticé con un gruñido.

–... Ne-bu-lo-so. Además, por lo que sabemos, los dos tenéis una conexión especial de la que no podéis libraros. Es más, la necesitáis para resolver lo que te ha traído aquí y volver a tu mundo. Mientras tanto, Laap permanece vinculado al colegio, sin posibilidad de salir de él.

–Bueno, según Petra, sí tengo una posibilidad de salir –dijo sin dejar de pasarse monedas de una mano a otra–. En cuanto perfeccione esto, podemos empezar a practicar, Pablo.

Laap tenía razón. Petra había sugerido que podía prestarle mi cuerpo como vehículo. El hecho de estar vinculados abría esa posibilidad. Según dijo, sería como "montar los dos en la misma bicicleta". Cuestión de sincronización y equilibrio. Bastaba con que yo le invitara a hacerlo diciendo "¿te apetece?", "¿aceptas?"... o cualquier otra fórmula por el estilo y que él accediera agradeciéndomelo para que pudiera experimentar a través de mí cualquier sensación. Desde el sabor de la comida hasta un pellizco... o el olor a mandarina del pelo de Margot. Y duraría hasta que yo saliera de la habitación en la que se hubiera hecho la, digamos, fusión, a no ser que hubiésemos acordado previamente salir juntos de ella.

–Pues vas a perder el tiempo, Laap, porque a mi bici no vas a subir.

–Ya veremos. Si no eres tú, quizá otra persona no tenga inconveniente –dijo mirando a Margot–. Seguro que sería mucho más agradable... para los dos.

Los tres sabíamos que eso era imposible. Petra había insistido mucho en que era el vínculo entre Laap y yo lo que lo permitía. Aun así, no pude evitar sentir un calor intenso en el estómago. Margot, por su parte, le miró con cara de asco.

–Oye, oye, que estaba bromeando –se defendió Laap alzando las manos.

Las monedas volvieron a rodar por los escalones.

Durante los siguientes segundos experimenté lo que quiere decir la expresión "el aire se podía cortar". Fue como estar en un duelo de pistoleros, justo en el momento en que los dos aguantan el aire en los pulmones y están dispuestos a desenfundar. Margot fue la primera en volver a respirar:

–Pues si quieres que te ayude a volver a tu mundo, procura no meterme en tus bromitas sin gracia.

Laap se levantó a recoger las monedas, pero cambió de idea. Margot le daba la espalda y no pudo ver su media sonrisa principesca. Apenas duró unas milésimas y enseguida se puso la careta de perro apaleado.

–Siento mucho haberte molestado, Margot. Es solo que me cuesta esta situación. Estoy en un mundo diferente, sin saber por qué ni cómo regresar al mío.

Se estaba haciendo descaradamente la víctima, fingiendo tristeza y hablando con voz temblorosa. La escena parecía sacada de un telefilme de sobremesa. Ese tío era un maldito actor y, con sus lágrimas de cocodrilo, había conseguido que Margot se acercara a consolarle. Intentó acariciarle el hombro, pero su mano le atravesó. Laap lanzó una sonrisa triste y, con un gesto teatral, nos dio la espalda. Margot suspiró. Sus ojos brillaban como si los hubieran pintado con aceite y el calor de mi estómago se convertía por momentos en rabia que me pedía salir por la boca.

–Míralo por el lado positivo –dije–, al menos no tienes que quedarte para siempre en el baño.

Mi ironía sirvió para que Margot me reprendiera con la mirada y volviera a acercarse a él. Yo podía imaginar la cara de Laap, risueña y victoriosa. Al final, bajó los hombros y se giró hacia nosotros de nuevo con esa expresión de mártir resignado.

–Estoy hecho un lío –dijo apretándose el puente de la nariz con el índice y el pulgar, como queriendo frenar las lágrimas. Se me ocurrieron unas cuantas películas donde había visto ese gesto–. Conozco la historia de los témplaris y la traición a Abletum desde pequeño. Me la han contado en casa tantas veces... Siempre acababa con el destierro de los traidores y mis hermanos y yo inventábamos muertes terribles para ellos. Yo los imaginaba abandonados en una cueva, donde solo podían comer insectos y plantas amargas hasta que todos morían y ni siquiera los carroñeros querían sus despojos. ¡No puedo creer que aún estén tan tranquilos! ¡Es injusto!

–Bueno, no parece que Petra lo haya pasado muy bien sin poder moverse de este lugar durante trescientos años. Y en este tiempo han cumplido con su encargo de vigilar las puertas. Además, ¿qué peor castigo que envejecer lentamente sabiendo que nunca vas a volver a tu casa?

Laap miró a Margot. Fue a decir algo, pero se quedó con el gesto congelado. La boca y los ojos muy abiertos. Os aseguro que en ese momento no estaba fingiendo. Por un instante pareció que se veía a él mismo desterrado en nuestro mundo, en forma ectoplásmica, sin poder regresar al suyo. Yo también me imaginé en su lugar y no me gustó nada la sensación. Aunque no tardó mucho en recuperarse, esta vez para exclamar airado:

–¡Pero están vivos! Bleng y Abletum no pudieron... Mi familia... ¡No es justo!

Ahora, la ira de Laap era real. Apretaba los puños y, en el cuello, una gruesa vena se le hinchaba por momentos. Me acerqué a él y le dije:

–No sé si es justo o no, pero así están las cosas. Petra nos ha dicho que estás aquí por una razón que tenemos que averiguar. A lo mejor tiene algo que ver con todo esto. Quizá estés aquí para aclarar este embrollo y, no sé, hacer justicia.

–Sí –añadió Margot–, Petra también dijo que la razón de que estés aquí tiene que ver con lo que estabais haciendo y pensando en el momento de vuestro contacto.

–Yo pensaba en ti.

Lo dije casi sin pensar. Margot me miró y ladeó la cabeza. De nuevo me acordé de Colás, el perro de mi abuelo. Y me puse rojo como un pimiento asado. Rápidamente intenté aclarar lo que quería decir.

–No... no en ti en ti, ¿eh? Ni en tus... Quiero decir, en lo que acabábamos de hablar, que me gustaría no tener... ser diferente y que me dejaran en paz de una vez Camilo y su pandilla.

Aunque no me tocó, noté su mirada como una caricia y subí dos grados de temperatura. Ella bajó la cabeza un poco azorada. En ese momento sentí unas ganas enormes de confesarle mis miedos, compartir con ella mis sueños e ilusiones, revelarle mis secretos. Tenía la seguridad de que ella me iba a escuchar. Fue como si hubiésemos conectado a otro nivel.

–Yo solo me estaba limpiando la cara. Esa témplaris traidora puede decir lo que quiera. Si estoy aquí es porque este –bufó Laap señalándome con el dedo y haciéndonos regresar a las escaleras de emergencia– me ha traído. No tengo nada que ver con esta historia.

El timbre de final de clase cortó nuestros intentos de convencer a Laap de que lo pensara un poco más. Estaba totalmente obcecado. Volvimos a los pasillos cuando se estaban abriendo las puertas de las aulas.

–Si Petra tiene razón, esa es la clave para que puedas volver a casa, Laap –insistió Margot–. Piénsalo un poco al menos. No perdemos nada por probar.

–¿Y qué si había entrado a por papel higiénico para un amigo? ¿O si estaba pensando en mi último examen o en que había tenido un sueño de lo más raro con mi tatarabuela? Lo que puedo aseguraros es que en ningún momento pensé en cruzar el espejo y aparecer en este mundo donde todavía se captan imágenes con aparatos y solo hay aburridas camisetas pintadas.

Dijo esto último señalando hacia los que salían de las clases en grupos desordenados. Muchos de ellos iban distraídos, consultando sus teléfonos móviles y chocándose entre ellos, aumentando así la confusión de la salida. De repente, vimos cómo delante de nosotros la gente empezaba a apartarse dejando un pasillo por el que, como un salmón, Camilo remontaba la corriente humana agarrándose la tripa y dejando una estela maloliente.

–¡Uf, qué peste! Ese se va por la pata abajo –comentó alguien.

No pude evitar reírme con ganas, acordándome del trozo de bocadillo sucio que me había quitado unas horas antes en el baño. No sabía si esa era la causa, pero después de tantas semanas sufriendo sus abusos me lo apunté como el primer tanto en mi enfrentamiento con Camilo. No me enorgullezco de ello, ya he dicho que hay cosas de esta historia que no repetiría. En mi descargo diré que también pensaba en el mal trago que estaría pasando y deseé sinceramente que encontrara papel higiénico en el baño.

Dejamos a Laap en el colegio, practicando con las tizas en la biblioteca. Cada vez dominaba más la técnica. Ya era capaz de lanzar un objeto al aire y volver a recogerlo.

–Cuando lo controle del todo lo intentaré con un libro. Me pondré a leer sobre el viaje a la luna. Son mis cuentos preferidos. Y si me aburro, daré un paseo a ver qué encuentro.

Llegué a casa y me calenté la comida. Es mi momento favorito del día. Puedo sentarme tranquilo, sin nadie alrededor. Incluso después de una jornada como la que acababa de vivir, durante esa media hora soy capaz de concentrarme en disfrutar con los cinco sentidos de un pescado en salsa o unos macarrones.

Mientras lavaba los platos, los acontecimientos del día volvieron a mi cabeza. Me sequé las manos y busqué el móvil. Miré en la agenda, en el grupo del consejo de redacción de la revista del colegio. Lo usábamos para convocar las reuniones, avisar de noticias... Allí estaba el teléfono de Margot. Había pasado muchas tardes buscando valor y una excusa para llamarla. Ahora, después de todo lo que había pasado en ese día, tenía muchas razones reales para hacerlo... y el mismo miedo de siempre.

Me moría de ganas de comentar con ella todo lo que había ocurrido. Petra y su despacho, Laap, las historias, el espejo... Todo resultaba mágico, absurdo, un sueño o una película difícil de creer hasta que aparecía Margot en mi recuerdo. En cierto modo sentía que todo había sido real porque ella había estado allí. Era la que permitía a mi cerebro colocar esa mañana en el apartado de las cosas reales. Y, paradójicamente, ese mismo cerebro me bombardeaba con dudas y temores acerca de lo que podría ocurrir si marcaba su número: no vas a saber qué decir; estará jugando con su gato y te va a ignorar; quédate con el recuerdo, si la llamas puedes perderlo; ella no lo ha vivido como tú; seguro que quiere olvidarlo y tú se lo vas a recordar...

Me encantaría poder decir que finalmente me atreví a llamarla o, al menos, que le envié un mensaje y ella me contestó, pero la realidad fue que terminé de fregar los platos y me puse a hojear un cómic de Sandman hasta que llegaron mis padres a media tarde.

–¿Hola? –preguntaron desde la puerta.

–¡En el salón! –respondí.

Si alguna vez has pensado en lo patético que resulta un adulto queriendo hacerse el joven –o el "enrollado", como dice mi padre–, imagínate si lo hacen en pareja. Mientras dejaban las llaves y se quitaban los abrigos, se repitió el ritual de casi todos los días: risas de mi madre, murmullos de mi padre... Luego entraron en el salón haciéndose cosquillas hasta que me vieron y lo dejaron poniendo cara de "Ah, ¿pero te referías a este salón?", como si la casa tuviera tres más. No necesitaba levantar la vista del cómic para saber que mi padre le daría un último pellizco. Luego se quejan de mis caras de asco, pero es que se pasan el día como dos críos enamorados, haciéndose carantoñas en los rincones y disimulando cada vez que me ven.

Por lo demás, son padres tipo, con neuras y preocupaciones del estilo:

–Ya basta de tele y tebeos, ¿no?

–Si no tienes tarea te la inventas, pero no estés toda la tarde papando moscas.

–¿Qué tal las clases?

–¿Te lo has comido todo?

–Hace mucho que no nos cuentas nada de esa chica...

–Sabes que con nosotros puedes hablar de todo.

–Si vas a salir hoy, ten cuidado. Y a las once y media en casa.

–¿Y vas a ir con esas pintas?

–Deja la música y vete a ordenar tu leonera...

Mi madre amagó un cachete y se acercó al sofá.

–Cielo, acabamos de hablar con Petra, del coleg... del instituto. Ya nos ha contado lo que ha pasado...

No me lo podía creer, era imposible que Petra hubiera sido tan bocazas. Me los imaginé hablando con ella de témplaris, destierros y puertas espacio-temporales y deseé evaporarme.

–... con el examen de Matemáticas. Así tienes un día más para repasar, ¿no?

–Eh... sí, sí. –Dentro de mi cabeza, algo se desinfló como un globo.

–Y, aparte de esto, ¿cómo te ha ido?

–Bien.

–¿Todo bien?

–Sí.

–¿Nada especial?

"Lo normal de todos los días", pensé. "Tengo una profesora de trescientos años, la chica que me gusta ha empezado a hacerme caso... ¡Ah! Y tengo un nuevo amigo: se llama Laap, viene del otro lado del espejo y no tiene cuerpo".

–¡Mujer!, que ya te ha dicho que bien! –terció mi padre–. Nos vamos a ir a la compra, Pablo. Aprovecha para estudiar y deja ya ese tebeo.

Me levanté. Mi madre me acarició el hombro. Yo tomé el Sandman y, sin mirar a mi padre, le dije:

–No es un tebeo, es un cómic, y no me lo he terminado.

Lo cierto era que lo había leído cien veces, pero me fui hojeándolo tranquilamente por el pasillo hasta mi habitación. Entré y pude oír el bufido de mi padre antes de cerrar la puerta. Lo dejé sobre la cama cuando el móvil vibró en mi bolsillo. Un mensaje: Margot.

Otra vibración. Solté el móvil como si me hubiera dado calambre. Cayó al suelo y se salió la batería. Genial.

Lo recompuse, volví a encenderlo y aún dudé un rato antes de abrir el chat: tres mensajes de una conversación. Me moría de ganas de leerlos pero, si lo hacía, Margot sabría que los había visto y tendría que responder.

"No te hagas ilusiones. Pasa de leerlos. No vas a saber qué decir. Dile mañana que se te olvidó el móvil en el dentista. Mejor eso que fastidiarla diciendo cualquier chorrada."

Otra vibración. Y otra. Demasiado para aguantar.

Hola

¿Estás ahí?

Qué fuerte lo de esta mañana, ¿no?

Una pasada :0

¿Estás ahí?

Hola.

Sí, muy fuerte

Tenías razón, es casi imposible
de creer.

Bueno, igual mañana llegamos y
no ha pasado nada

O ha invadido el Swift una horda
de liliputienses 😊

En serio, si no fuera porque tú estabas
allí pensaría que lo he soñado.

(Glups. Eso mismo había pensado yo. La conexión se encendía de nuevo. Y esta vez sin testigos molestos. Ahora tocaba estar a la altura).

Ya. Es raro

(¿Raro? Toma ya respuesta imaginativa).

¿¿¿Raro???

No, no lo que tú dices. La situación.
Un sueño raro.

(Zanja el tema, estúpido, sal de este jardín pero ya).

Pero estábamos muy despiertos.
Y los dos lo vimos. Laap,
Petra y sus trescientos años...

Me muero de ganas de saber más
y de escribirlo. ¿Te imaginas que pudiéramos
viajar al otro lado?

(Contigo viajaría a donde fuera. Y sin equipaje).

Sería guay.
A pesar de Laap.

¿¿¿???

Un poco creidito, ¿no?

> *Es majo*
> *Mañana nos vemos.*

(Doctor, ¡La estamos perdiendo! ¡Se nos va!)

> *Estaría guay que pudieras hacerle*
> *alguna foto. ¿Te devolvió Petra la cámara?*

(.....................Hora de la muerte: 19:43...........................).

***

¿Cómo podía ser tan idiota? Ahora seguro que pensaba que era un estúpido envidioso, o peor, ¡que estaba celoso de Laap! Con mi gloriosa actuación acababa de confirmar que cuando uno es un pringado, lo es cara a cara y en la distancia.

Necesitaba a alguien en quien descargar mi rabia y, por desgracia en estos casos, no tengo hermanos pequeños. Volví a tirar el móvil sobre la cama y deseé que mi padre llamara a la puerta y sacara de nuevo el tema de los cómics. Pero como esto no ocurrió, me conformé con dar unos puñetazos a la almohada y, como en las películas americanas, ir a la nevera y beber un buen trago de leche directamente del cartón. Todo un malote profesional. Me faltó dejar el bote de mermelada abierto y con la cuchara metida dentro.

6. SUEÑOS, RESCATES Y CABALLEROS TÉMPLARIS

Cuando volvieron mis padres me encontraron viendo la tele. Antes de que me invitaran a colocar la compra con ellos, les dije que estaba descansando y en dos minutos volvía a mi cuarto a terminar el repaso. Ninguna tarea de la casa es tan importante como para dejar de estudiar un examen de Matemáticas.

Me pasé la cena mirando el móvil cada medio minuto. Y, entre consulta y consulta, jugaba con los cubiertos y la comida. De vez en cuando me metía un bocado en la boca. Papá se moría por preguntarme y mamá le retenía con patadas bajo la mesa y miradas reprobatorias. Él bufaba. Cuando terminamos, ayudé a recoger los platos y me fui a dormir.

Tenía la cabeza llena de pensamientos y emociones moviéndose a toda velocidad. Recuerdo que en un momento concreto me sorprendí de que la mayoría de estos fueran alrededor de Margot y no de la aparición de Laap; y me reí pensando que Laap era como el segundo portero de la selección: una buena historia que había tenido la mala suerte de coincidir en el tiempo con otra mucho mejor. En todo caso, uno y otra habían conseguido que Camilo, mi principal preocupación de los últimos meses, se hubiera ido por el retrete. En sentido literal y figurado.

Cuando por fin me quedé dormido, soñé con los caballeros de la camiseta de Laap. Éramos él y yo y jugábamos a las cartas con las armaduras puestas. A nuestro alrededor, un montón de princesas y damas en apuros pedían auxilio, pero nosotros seguíamos con la partida. Hasta que entre todas las voces destacó la de Margot. Estaba presa dentro de una gran cámara de fotos. Nos gritaba desde la pantalla prometiendo un beso a quien lograra liberarla. Nos levantamos y fuimos los dos. Echamos a cara o cruz quién intentaría salvarla primero.

–Vamos Pablito, tira tú la moneda –decía Laap–, que yo no puedo recogerla.

Le tocó a él empezar. Entró en la cámara y trató de agarrarla de la mano para saltar juntos fuera, pero no podían tocarse y Margot se desesperaba.

–¡Es algo que solo podéis hacer los dos juntos! –exclamaba cada vez más nerviosa.

Finalmente, me hice una foto delante del espejo. Al disparar la cámara, el flash iluminó toda la habitación y aparecieron los dos a mi lado. Margot me abrazó.

–Es majo, pero a mí me gusta lo que puedo besar –dijo.

Y Laap fue, poco a poco, deshaciéndose en jirones de niebla.

Me desperté con la sonrisa puesta. Incluso me despedí en casa después del desayuno dándoles un beso y haciendo bromas sobre la barba de mi padre, como cuando era pequeño.

—Si no te afeitas no vuelvo a darte un beso, papá, que pinchas.

Ellos se miraron con cara de no entender nada y tuve que terminar yo solo el diálogo familiar:

—Eso pienso decirte yo, muchachito, cuando tengas dieciséis años —me respondí a mí mismo imitando la voz grave de mi padre.

Mientras alcanzaba la mochila y abría la puerta les escuché hablar:

—Es la edad, ya sabes, las hormonas...

—¿Y esto dura mucho?

—Creo que más que en nuestra época...

Cerré la puerta y bajé silbando por las escaleras.

***

En el instituto no vi a Margot ni a Laap hasta media mañana. Hice el examen con éxito moderado, mejoré mi tiempo en los sesenta metros en Educación Física y salí a tomarme mi bocadillo al patio.

Margot estaba en la cancha, jugando con las chicas al fútbol. Ese fin de semana había campeonato interescolar. De camino al instituto había pensado cómo acercarme a ella.

Estaba claro que buscar su complicidad criticando a Laap no era buena idea. Y después del sueño me sentía optimista, pero tampoco tanto como para ponerle por las nubes. Así que aproveché que se había agachado a atarse las zapatillas para abordarla usando una táctica intermedia.

–Hola, ¿has visto a Laap?

Dejó los cordones y me miró con suspicacia.

–Quiero hablar con él. Ayer no me porté nada bien. Debe de estar pasando un mal rato. En un lugar extraño, sin poder interactuar más que con nosotros y eso con limitaciones... Creo que necesita tiempo para abrirse.

Su cara se relajó, empezó a dibujar una sonrisa y se paró el tiempo. Por eso no me di cuenta de cómo la transformaba en una mueca de sorpresa. Fue a levantarse con la mano extendida hacia mí y, antes de que llegara donde estaba, alguien me sujetó los brazos por detrás, me giró con fuerza y me vi cara a cara con Camilo cruzado de brazos y con las piernas separadas, como un portero de discoteca. Sus ojos parecían dos carbones encendidos y daba la impresión de que el pelo rizado se le iba a poner de punta de un momento a otro. Llevaba casi veinticuatro horas sin pensar en él ni un segundo, pero eso, obviamente, no le había hecho desaparecer de la faz de la tierra.

–¿Qué porquería te traes tú para el desayuno, nenaza?

Así que mis sospechas eran ciertas. La causa de su humillante salida de ayer fue el bocadillo. Era un mal momento para confirmarlo. Se le veía furioso y con ganas de hacérselo pagar a alguien. Pensé que lo que Camilo hubiera necesitado era beber a morro del *brick* de leche de su nevera y canalizar así su rabia, pero algo me decía que eso no iba a ser suficiente para él. Además, no sería yo quien le diera consejos. Y menos aún con las manos bloqueadas.

–¡Dejadle en paz! –gritó Margot.

–Ya está aquí su mamita para defenderlo. ¿Qué pasa? ¿Que los chicos de tu edad no te soportan y tienes que ligar con enanos? ¿O es que te va lo pequeño porque puedes manejarlo como te dé la gana?

El coro de sus amigos le rio la gracia. Parecía que los cuatro compartían el mismo cerebro. La parte que controlaba la fuerza bruta le había tocado al que me estaba sujetando los brazos. Margot se quedó bloqueada un instante. Yo seguía bajo los efectos de mi sueño, impulsado por la energía que me había llevado a hablar con ella, y no estaba dispuesto a desaprovecharla. Por primera vez, escapar o replegarme no eran opciones que entraran en mis planes.

Camilo sonrió condescendiente. Llevaba una sudadera con capucha y un dibujo en el pecho de Bart Simpson al que se le veía parte de los calzoncillos, muy apropiada para que nadie olvidara su hazaña del día anterior. Iba a hacérselo notar, empujado por esa energía con la que me había levantado, cuando abrió de nuevo la boca:

–Suelta a la nenaza, Víctor. Parece que no le ha gustado lo que he dicho de su novia. A lo mejor quiere defenderla.

"Su novia". Es curioso lo que puede hacer una palabra, según quién la diga y quién la oiga. Víctor estaba a mi espalda, Camilo delante y los otros tres rodeaban a Margot. Los cinco seguían riendo. Margot enrojeció, no precisamente de vergüenza, y yo sentí como si me hubieran escupido a la cara. Si ya estaba crecido, aquello me convirtió en el Quijote dispuesto a recuperar el honor mancillado de su dama. Así que hice lo que se espera de un caballero –esta vez sin armadura– en estos casos: utilizar la confianza que le da al enemigo su superioridad para lanzar un ataque sorpresa. Agaché la cabeza y me lancé contra la barriga de Camilo, aprovechando que el cromañón que me sujetaba había aflojado un poco con la risa, y los dos caímos al suelo rodando.

A estas alturas el partido de fútbol y otras actividades se habían suspendido en el patio, y un corro de chicos y chicas nos rodeaban. Camilo no tardó en recuperarse del empujón. Se sentó sobre mi estómago sujetando mis caderas con las rodillas mientras yo braceaba como un pato huyendo del granjero. No había apuestas, pues nadie era tan idiota como para arriesgar por mí, pero tampoco jaleaban a Camilo. Simplemente miraban el espectáculo. En una de mis brazadas logré agarrarle de la sudadera con las dos manos, tiré fuerte y cerré los ojos. Después solté y empecé a dar mandobles a diestro y siniestro. Cuando los abrí, Laap tapaba con la sudadera de Bart Simpson la cabeza de Camilo, que luchaba por levantarse, enseñándonos a todos su ombligo porque la camiseta que llevaba le quedaba pequeña.

La gente se reía mientras él se contoneaba como si le estuvieran picando abejas y movía las manos queriendo espantarlas. Laap estaba a su lado pellizcándole la barriga y los brazos.

–¡Para ya! –grité instintivamente.

Laap dejó de molestarle y se apartó hacia donde estaba Margot. Los tres mastuerzos que la rodeaban fueron corriendo a ayudar a su líder, que aún estaba espantando abejas imaginarias. El corro se estaba disolviendo y varios chicos se acercaron a mí. Uno de ellos me ofreció la mano.

–Tío, buen movimiento. Ya nos contarás cómo lo has hecho así, desde el suelo. Ahora ten cuidado, porque este no olvida...

Miré a Laap, que alzó las manos en un gesto de inocencia. Terminé de incorporarme y fui donde estaba con Margot, que nos miraba alternativamente con la boca abierta.

–Diles que lo llamas "el golpe del ectoplasma" –propuso Laap sonriendo.

Camilo seguía mirándome con los ojos encendidos; vino hacia nosotros, pero mantuvo cierta distancia. Laap se acercó y le tiró de la sudadera. Él se la recolocó enseguida sin impedir que volviéramos a ver de nuevo su ombligo. Fue a decir algo, pero finalmente se dio la vuelta y terminó de deshacer a empujones lo que quedaba del corro. Tras recibir bastantes felicitaciones muy discretas, la normalidad volvió al patio y los tres nos fuimos a un lugar más tranquilo. Nos sentamos fuera de las canchas, en una zona de arena.

–Gracias, Laap.

–Oh, no ha sido nada –dijo mientras jugaba con unas piedras–. No podía consentir que te dieran una paliza. Nos guste o no, somos socios y nos necesitamos, ¿no?

Margot y yo nos miramos y sonreímos. Laap siguió poniendo voz a lo que en ese momento estábamos intentando adivinar. A diferencia del día anterior, parecía sincero. Esta vez no usó estratagemas como la voz temblorosa, gestos o pausas teatrales.

–He estado pensando mucho en lo que hablamos ayer y tenéis razón. La única posibilidad de solucionar esto es sin engaños. Quiero volver a casa y, para hacerlo, necesito vuestra ayuda.

–Genial –intervino Margot–. Algo parecido me estaba contando Pablo antes de que Camilo llegara, ¿verdad? Es una prueba más de lo que ayer nos decía Petra. Estáis conectados mentalmente.

–¿Y tú te crees esa memez? –preguntamos los dos a la vez.

–Sí –respondió con seguridad–. Y creo que va siendo hora de que vosotros también lo hagáis.

Los tres sonreímos.

–Te la has jugado, Laap. Me parece imposible que nadie se haya dado cuenta de lo que hacías.

Mientras hablábamos, Laap se entretenía reuniendo pequeños guijarros. Había hecho ya un montón y se disponía a formar otro nuevo, como si su propósito fuera levantar una minúscula cordillera.

–Bueno, solo he aprovechado que le habías agarrado de la sudadera para ayudarte a taparle la cabeza con ella y así probar si mis prácticas con las monedas y las tizas podían llevarme un poco más allá. El resto ha sido cosa de unos mosquitos muy, muy molestos –explicó moviendo las manos como Camilo hacía unos instantes–. Al menos, eso creo. ¿Qué opinas tú, Margot?

–Opino que siempre es más fácil pensar que un chico menor que tú te ha dado un escarmiento que reconocer que lo ha hecho un fantasma.

–¡Eh! ¡Que yo no soy un fantasma! –exclamó Laap fingiéndose ofendido.

–Me has entendido perfectamente, ectoplasma nebuloso. Te la has jugado.

–Y ha salido bien –intervine–. La próxima vez lo organizaremos previamente para que no haya sorpresas.

–¿Qué es eso de una próxima vez? –preguntó Margot.

–La próxima vez que nos enfrentemos a Camilo... –aclaré–. Porque este no olvida y estoy seguro de que irá a por mí.

–Pues entonces, más que de defensa, preparemos un plan de ataque –comentó Laap separando dos piedras de sus montones y adelantándolas.

Laap y yo nos miramos. Ahora sí podía asegurar que entre nosotros había una conexión. Tanto, que me atreví a plantear algo que venía rondándome la cabeza desde el día anterior.

–A lo mejor es esa nuestra misión: deshacernos de Camilo...

–Pero ¿estáis hablando en serio? Petra dijo que la misión tenía que ver con los dos, no con uno solo.

–Sí, pero no dijo que fuera solo una –puntualizó Laap–. Es posible que yo esté aquí para ayudar a Pablo y para que él me ayude a mí. Lo que me lleva a retomar el tema de en qué estaba pensando cuando crucé el espejo.

A pesar de que aún no había oído el plan completo, a mí me sonaba muy bien lo que proponía mi socio. Margot no las tenía todas consigo. Hablaba de venganza, de humillación y de que las cosas no se solucionan con violencia.

–¿Desde cuándo se intenta apagar un fuego con más fuego?

Al final conseguimos que dejara a Laap explicarnos la que pensaba que era su misión antes de seguir desmontando nuestro plan.

–Esa noche había soñado con mis antepasados.

–Con tu tatarabuela... –le interrumpí, recordando nuestra conversación del día anterior.

–No exactamente. Soñé con alguien más antiguo, con una mujer que hace casi trescientos años pudo cambiar la historia de mi familia y de Caltynia. La hermana de la abuela de la bisabuela de mi tatarabuela. Soñé con Bleng.

Había oído antes ese nombre. Probablemente en los cuentos de Petra, pero no lograba identificar cuándo ni en qué contexto. Fue Margot la que dio con ello:

–Pero, Bleng... ¿no era una de las témplaris que protegieron al rey contra los octios?

–Exacto. Y Bleng era, además, la prometida del príncipe Abletum. Así que, si sus superiores hubieran hecho caso al sueño de Mésilon, estaríais ahora mismo ante el primo del rey de Caltynia.

Por un momento dejó de amontonar piedras. Los caballeros de su camiseta bajaron de sus monturas y se acomodaron bajo el árbol, como si también quisieran escuchar su historia. Nos contó que pertenecía a una familia noble en la que, durante generaciones, uno de sus miembros a los catorce años se incorporaba a los témplaris. Su "tía" Bleng fue la última en seguir esta tradición y llegó a ser Dama Principal y a hacerse cargo de la protección del rey Mésilon. Por encima de ella solo estaban Cartio y Salumnia, los grandes maestros.

–Los témplaris se levantaban los primeros del destacamento –continuó, volviendo a sus piedras y a la historia–, y se reunían en la tienda de sus maestros a rezar. El día del desastre tenían previsto llegar a los montes Gorá, detrás de los cuales se extiende la Tierra Nueva, un lugar que ni siquiera los carroñeros se atreven a sobrevolar. Habían conseguido replegar a los octios hasta allí y solo faltaba atravesar las hoces de Rzeka, un estrecho desfiladero de apenas seiscientos metros paralelo al río que le da nombre. El lugar perfecto para una emboscada. Aquella mañana el rey los interrumpió en sus oraciones. Había soñado que una jauría de lobos les rodeaba. A dos patas, sujetando espadas y las inconfundibles mazas octias, con las bocas espumosas de dientes amarillos y los ojos totalmente blancos, como si fueran ciegos, cientos de ellos lentamente estrechaban el círculo sin darles ni una posibilidad de escape. Y cuando ya podían oler su aliento a carne podrida, el más cercano al rey le dijo: "Hoy sí, Mésilon... Hoy sí".

–El mensaje no podía estar más claro –comentó Margot.

–Sí, pero los maestros témplaris no lo vieron así. Hablaron de supersticiones y miedos infundados. Discutieron airadamente durante el desayuno con Bleng y otros que compartían los temores del rey y, finalmente, impusieron su criterio.

–¿Y el rey no podía impedirlo? –pregunté–. Al fin y al cabo, según Petra, le debían fidelidad y obediencia.

–Claro que podía, pero no quería quedar como un cobarde supersticioso, así que terminaron el desayuno y se prepararon para la que sería su última batalla. Como el sueño había predicho, el ejército octio los estaba esperando y, ayudados por las condiciones del terreno, no les costó acorralarlos; intentaron replegarse pero ya era tarde. Por suerte, Bleng y otros dos témplaris iban protegiendo la retaguardia, un poco retrasados respecto al resto del grupo, y se quedaron fuera del cerco. Eso les permitió abrir desde fuera una grieta por la que lograron sacar a Mésilon. El rey montó en el caballo de Bleng y, mientras sus compañeros retenían a los octios, escaparon bajo una lluvia de flechas y mazas, amigas y enemigas. Una de esas flechas hirió gravemente a Bleng, pero el rey no se dio cuenta hasta que estuvieron a salvo. Entonces ya era tarde para ella. Murió poco antes de llegar a Meldior.

–¡Oh! –suspiramos Margot y yo al unísono.

Laap estaba como en trance y continuó su narración sin distraerse.

–Cuando Mésilon llegó a la corte con el cuerpo de Bleng y contó la historia, su hijo Abletum descargó su ira contra los témplaris y los culpó de la muerte de su prometida por no hacer caso al sueño del rey. Tres días más tarde, cuatro caballos sin jinete aparecieron a las puertas de la ciudad. Al librarlos de sus monturas descubrieron en las alforjas las cabezas de los trece témplaris que, junto a Bleng, formaban el regimiento de protección. El príncipe aprovechó la muerte de los grandes maestros para imponer la disolución de la orden. Esta decisión le enfrentó a su padre, que aún confiaba en ellos y, con su intercesión, logró que los seis témplaris que sobrevivieron en la corte protegiendo a la familia real, Petra entre ellos, pasaran a formar parte del ejército como simples soldados sin privilegios. Aunque, en realidad, nunca dejaron de ser un grupo de élite. Eran los mejores y a menudo formaban parte de la escolta personal de Mésilon y su familia. Durante varios meses estuvieron maquinando cómo vengarse de Abletum por su decisión hasta que aprovecharon una misión de búsqueda de contrabandistas para, digamos, no impedir la muerte del príncipe. El resto de la historia ya lo conocéis.

Permanecimos callados unos segundos. Entre Margot y yo se levantaba un pequeño macizo de montañas de guijarros que Laap había ido acumulando mientras hablaba. Su historia completaba la de Petra y no la dejaba, ni a ella ni a ninguno de los suyos, en muy buen lugar.

–En mi sueño –retomó el discurso–, Bleng hablaba con Mésilon antes de morir. No podía oírlo, pero vi cómo el rey se guardaba un papel que ella le entregaba. Cuando se lo conté a mis padres, antes de decirme nada, me hicieron preguntas sobre ese papel, y parecían preocupados. Les pedí que me explicaran lo que les inquietaba. Ellos le quitaron importancia. Me dijeron que en todas las generaciones de mi familia alguien había tenido un sueño parecido y que era algo que se repetía en todas las familias donde alguno de sus miembros había pertenecido a los témplaris. De esta forma se reconocía a los futuros miembros de la orden. Después, hablaron de hacer algunas preguntas a los abuelos. Quedamos en que hablaríamos con más calma por la tarde sobre el tema y me fui al instituto.

–¿Quieres decir que, si siguieran existiendo, tú serías uno de ellos? –preguntó Margot.

–Eso parece. Y en eso pensaba mientras me limpiaba la cara en el baño y acerqué la mano al espejo. En ese momento me preguntaba si yo hubiera sido capaz de usar una espada o una maza con estas manos tan...

Se quedó a medias de la frase, mirándose las manos, limpias y finas, con las uñas pulcramente cortadas y sin líneas en la palma. Según lo que acabábamos de escuchar, Laap estaba predestinado a ser un témplaris si no hubiera ocurrido la traición a Abletum. Podía entender que guardara tanto odio contra ellos, pero no veía qué tenía eso que ver con su aparición entre nosotros.

–Pues si piensas por un segundo que mi parte de la misión va a ser enseñarte a manejar una espada, lo llevas claro, Laap.

–No, no... Si aún existieran, los témplaris usarían otras armas y sistemas de protección: proyectores de calor, luces de sal, lanzasonidos, despertadores de miedos...

Empecé a notar que me faltaba el aire. Acabábamos de entrar en una novela de ciencia ficción. Ahora solo faltaba que nos dijera que, para comer, en su mundo bastaba con tomar unas pastillas o enchufarse unos segundos a unos surtidores que podías encontrar en las calles principales. La perspectiva de ayudarle cada vez se me hacía más preocupante.

–... y tampoco es tu misión ayudarme a manejar esas cosas.

–Entonces –intervino Margot–, ¿qué tiene todo esto que ver con tu misión aquí?

Laap suspiró. Bajó la mirada y negó con la cabeza. Volvió a suspirar, alzó la vista y nos miró resignado. Por unos segundos reapareció el chico sobrado que no comprendía cómo era posible que no hubiéramos entendido nada. Tercer suspiro.

–¿No lo entendéis? Es ese papel. Mis padres se interesaron mucho por él. Estoy seguro de que es importante. Petra conoció a Mésilon. Ella y sus compañeros le protegieron durante meses después de la muerte de Bleng y los demás. Seguro que le habló del papel...

–Si es que existe –interrumpió Margot–. No me miréis así, es parte de un sueño. A lo mejor no es un papel y solo representa la fidelidad de los témplaris hasta la muerte...

–No lo creo. Pero, aunque así fuera –concedió Laap–, eso es precisamente lo que tenemos que averiguar.

–Tiene sentido, Margot –dije.

–¡Claro que tiene sentido! Bleng me está pidiendo que termine de una vez por todas con la farsa de los témplaris. Es como si lo necesitara para descansar en paz. Vosotros no visteis su cara de sufrimiento. Quiere que descubra a esos traidores y que paguen por lo que hicieron con Abletum. ¡Por eso estoy aquí! ¿Me vais a ayudar?

Los ojos de Margot decían que estaba dispuesta a darle una oportunidad. Lo ratificó con un gesto afirmativo de la cabeza, pero matizando que no participaba de la idea de venganza o castigo a los témplaris. Para ella, Petra y los suyos habían pagado con creces sus culpas en esos trescientos años.

El pequeño sistema montañoso que había levantado Laap entre Margot y yo me hizo recordar los montes Gorá del sueño de Mésilon. Pensé en la Tierra Nueva, en esa zona por descubrir, peligrosa y, al mismo tiempo, llena de recompensas: Margot, liberarme de Camilo de una vez por todas, aclarar un misterio... Todo estaba al otro lado de esa montaña que Laap había formado mientras hablaba.

La aparté con suavidad, juntando todas las piedras en un solo montón, y sobre el sonido del timbre de final del recreo dije que sí, que contara conmigo.

***

Quedamos en plantear nuestras conclusiones a Petra en cuanto pudiéramos verla. Laap se despidió diciendo que tenía cosas que hacer mientras Margot y yo fuimos hacia nuestras clases. Yo no podía quitarme de la cabeza las palabras de Camilo sobre nosotros. Su recuerdo sonaba mucho más agradable que cuando las escuché de su boca. Ahora las había hecho mías y revoloteaban por mi cabeza, a veces como una pregunta, a veces como exclamación: "¿Su novia?", "¡Su novia!". Me moría de ganas de preguntarle si esas palabras habían hecho algo más que incomodarla en un primer momento. Al mismo tiempo, estaba disfrutando de ir en silencio junto a ella.

Con las manos en los bolsillos, estiraba los dedos e imaginaba que llegaba a rozar su mano. Y la observaba de reojo deseando que ella hiciera lo mismo cuando yo miraba hacia otro lado. Mientras tanto, mi corazón bombeaba sangre como si fuera una presa a punto de rebosar a la que hubieran abierto las compuertas... No sabía qué hacer: ¿seguir callado hasta que nos despidiésemos en la puerta y llevarme un montón de cosas no dichas para rumiarlas durante las clases que quedaban? ¿Agradecerle que hubiera aceptado ayudarnos en nuestro plan con la esperanza de librarme así de ese incómodo (¡y tan placentero!) silencio? ¿Preguntarle lo que realmente quería saber?

Pensando en todo esto, no me di cuenta de que habíamos aminorado el paso. Los compañeros nos adelantaban y salían del patio. Nos quedamos los últimos. Margot se paró en el umbral de la puerta y se colocó el pelo detrás de la oreja.

—Pablo, yo... tú... Has sido muy valiente.

Eso sí que no me lo esperaba. ¿Valiente? ¿Yo?

—Gracias por intentar defenderme de Camilo y los demás —continuó—. Ayer... me parece que no fui justa. Y, bueno, quiero que sepas que me ha gustado que estuvieras conmigo hace un rato. Aunque no estoy de acuerdo con que os toméis la justicia por vuestra mano con él. En fin... que gracias.

Entonces me besó. Y si alguien me hubiera dicho que se me habían caído todas las pecas de la cara no lo habría dudado. Muac. Un beso en la mejilla mientras su mechón rebelde me rozaba la oreja dejándome tocado, desarbolado, sin defensas, paralizado, ardiendo, con el estómago encogido y la espalda y la nuca electrificadas. Un beso que culminaba el sueño de esa mañana y que no solo rememoré durante el resto de las clases, sino también por la tarde, en casa. Y no me importó que mi madre lo aprovechara para recordarme que el domingo iríamos a comer con la abuela y que no podía hacer planes, ni que mi padre lo usara para convencerme de que tenía que ordenar la habitación.

Un beso que me llevé con cuidado a la cama, seguro de que también me iba a acompañar en mis sueños... Porque no tenía ni idea de que esa noche no iba a soñar, sino a asistir a algo muy, muy real.

7. LA REUNIÓN CON LOS GUARDIANES

Sé que suena extraño, pero me quedé dormido antes de cerrar los ojos. Me tumbé sobre la cama, con las manos cruzadas detrás de la cabeza. Oí el aviso de mensaje en mi móvil, fui a responder... y cuando me despertó mi madre al día siguiente, la luz de la habitación seguía encendida.

–¡Pablo! ¿Qué haces en la cama aún? Hace veinte minutos que ha sonado tu alarma. ¿Y la luz? ¿Te has levantado y después te has vuelto a acostar? Tu padre me está esperando en el coche. No te olvides de cerrar con llave...

Esto último lo dijo ya desde el pasillo. Estiré la mano hacia la mesilla para localizar el móvil y, de un manotazo, tiré el flexo al suelo. Mi madre tenía razón respecto a la hora. Sobre la luz, podía ser una explicación, ya que el único interruptor está junto a la puerta. Pero cuando me destapé y salí de la cama me di cuenta de que esa deducción no se sostenía. Estaba vestido. Con la misma ropa que llevaba por la noche, incluidas las zapatillas de casa. Tardé unos segundos en reaccionar. A pesar de todos los indicios, en un principio pensé que seguía soñando. Mi cerebro regresó adonde, hasta hacía un momento, había estado: el despacho de Petra, junto a Laap y el recuerdo de cinco presencias que se estaban desvaneciendo.

Enseguida me di cuenta de que eso era el final de la película. Me senté en la cama, cerré los ojos y volví al principio de la noche, cuando oí lo que parecía un mensaje del móvil y, después, la voz de Petra:

—Ya estamos todos. Pablo, bienvenido. No te vemos, pero sabemos que tú a nosotros sí, a través de Laap. Deberías haber recibido la invitación directamente de él, pero se trata de una reunión de urgencia y no hemos tenido tiempo de protocolos ni formalidades. Digamos que hemos tomado un atajo y es posible que eso haga que no termines de controlar tus movimientos. Aunque tampoco lo necesitas. Basta con que nos escuches bien. Puede resultarte extraño la primera vez, más si, como es tu caso, estás dormido. Pero no estás soñando. Solo tu cuerpo descansa. Esta vez no hace falta que Laap salga de la habitación para que tú lo hagas de su cuerpo. Si no te despiertas antes, yo me encargaré de hacerlo al terminar nuestro encuentro. Y ahora, permitidme que haga las presentaciones...

Hablaba muy tranquila, como si no quisiera despertarme. Sin que yo se lo ordenara, mi mano se levantó hasta la altura de la cara y me estremecí al ver que la palma era totalmente lisa. En ese momento recordé lo que Petra nos había comentado sobre entrar uno en el cuerpo del otro. Estaba dentro de Laap, viendo a través de sus ojos. Y ellos estaban viéndole a él y, de algún modo, a mí.

–... permitidme que haga las presentaciones –seguía diciendo Petra, inclinando ceremoniosamente la cabeza–. Amigos, este es Laap y también es Pablo. Ambos son los causantes de la apertura de la puerta. Esperamos que pronto puedan contarnos por qué creen que están aquí.

–Eso nos ayudaría mucho, sí –dijo una anciana pelirroja.

El resto asintió en silencio.

–Laap, Pablo, estos son mis compañeros, mis hermanos y hermanas témplaris.

La voz de Petra sonó muy profesional, aunque no pudo evitar que se le escapara un ligero tono de orgullo. Extendió su brazo hacia el otro lado de la mesa, donde tres ancianos y dos ancianas se apretujaban: a la izquierda, la mujer pelirroja; a su lado un hombre calvo y con gafas redondas cuya cara brillaba como si acabara de afeitarse. Después, otra mujer de piel muy oscura, con el pelo listado gris y blanco como el lomo de un gato y los ojos verdes y brillantes; y por último, dos gemelos arrugados como Petra y el resto, serios y formales, que repetían constantemente los gestos y movimientos uno del otro.

Saludé con la mano e intenté decir algo, pero no pude.

–No te canses. Puedes mover mi cuerpo, ver a través de mí e incluso sentir –susurró Laap pellizcándose en el brazo. Yo me encogí y lo aparté–. Eso lo compartimos. Pero no puedes hablar. Yo te escucho, eres como una voz en mi cerebro. Cuesta un poco acostumbrarse, pero es llevadero. Ya lo probarás.

–De Fionny ya os he hablado –continuó Petra señalando a la mujer pelirroja–. Guardiana de St. Patrick, en Dublín, una de las puertas de Meldior. Ella fue la que propuso a Swift que dejara su firma en estas paredes. A su lado está Alamadila, guardián de Phokara, puerta de Abling, situada en Nepal. Siempre le veréis sonreír. La mujer que le sigue es Madanel, guardiana de Aksum, puerta de Maylake, en Etiopía. El pelo delata sus años, pero sus ojos no han envejecido en este tiempo. Y por último, los hermanos: Oremor, guardián de Miramonte, puerta de las Siete Repúblicas, en El Salvador, y Morai, guardián de Waitomo, puerta de Nátub, en Auckland, Nueva Zelanda. Rara vez pueden estar juntos, así que sois muy afortunados.

–Recibe nuestro saludo, joven Laap –dijo Madanel extendiendo las palmas de las manos e inclinando la cabeza. El resto de los ancianos la imitaron–. Todos nosotros conocimos a Bleng, tu antepasada. Si conservas al menos un pequeño resto de su honor y valentía, debemos considerarte uno de los nuestros.

Laap se removió incómodo, frunció el ceño y murmuró algo ininteligible, pero perfectamente claro en su mente: "¿Y quién te dice a ti que yo quiera ser uno de los vuestros?".

–Recibe nuestros saludos, joven Pablo –saludó Alamadila repitiendo el ritual–. Tus ojos nos dicen que estás asustado.

Ya lo creo que lo estaba.

–Abrir la puerta es un contratiempo. Después de trescientos años habéis conseguido reunir a las seis llaves. Esperamos que sea por algo realmente importante –añadieron los dos hermanos como si fueran una sola voz.

No sé si fue o no una coincidencia, pero el recuerdo de la voz de los gemelos coincidió con un cambio brusco de temperatura en la ducha. El agua se heló de repente. Eso me sirvió para espabilarme aún más y constatar que no estaba recordando un sueño, sino otra cosa. Me aparté del chorro de agua hasta que, poco a poco, fue templándose y retomé el repaso de mi "no sueño" desde el momento en que Fionny pidió a sus compañeros que se dejaran de zarandajas y dieran comienzo a la reunión.

Los seis se colocaron en círculo alrededor de la mesa, con Petra, Madanel y Morai dándonos la espalda. Todos pusieron algo sobre el tablero. Pude distinguir unas cadenas, las gafas redondas de Alamadila y el pasador del pelo de Madanel. Entrelazaron los brazos y repitieron unas frases que no entendí. Laap me aclaró que era caltyo antiguo y se trataba del juramento témplaris.

—Me lo sé de memoria. Está grabado en la hoja de la espada de Bleng.

Petra tomó la palabra para contar cómo habíamos abierto la puerta. Después, los seis se enfrascaron en una discusión:

—Ya os he contado mi parecer —hablaba Alamadila—. Creo que esta es la oportunidad que llevamos trescientos años esperando.

—¿Quieres decir que por fin podremos volver? —preguntó Fionny esperanzada.

—Respetamos las decisiones del grupo, pero nosotros juramos que jamás volveríamos a una Caltynia que ya no nos quiere —respondieron al unísono los gemelos.

—Además —añadió Petra—, este no es precisamente el mejor momento. Como sabéis y puede corroborar Laap, el rey ha vuelto a usarnos como distracción. Anda diciendo que la sequía y los problemas comerciales que le han hecho aumentar los impuestos se deben a la maldición que nosotros lanzamos antes de nuestro destierro.

—¿Y la gente se cree esas mentiras?

—La gente, Fionny —respondió Madanel—, necesita culpables. El rey lo sabe. Y quién mejor que aquellos que llevan trescientos años siendo la causa de todas sus desgracias y, además, no pueden defenderse.

—¡Podemos defendernos! —alzaron la voz los gemelos—. Bastaría con enseñar de una vez por todas la...

–Oremor, Morai, ya lo hemos discutido muchas veces –replicó Petra–. Somos témplaris e hicimos un juramento de lealtad. Pase lo que pase, no lo vamos a romper. Miraos. No vamos a vivir para siempre. Somos seis viejos con viejos valores. Eso es lo que nos queda.

–¡Si tan solo pudiéramos volver y acabar en casa nuestros días! –suspiró Fionny.

–En todo caso, aún no hemos escuchado a los que abrieron la puerta. Y bien sabéis que todo lo que estamos hablando son solo los deseos de seis ancianos. A dónde nos lleve esta situación dependerá de la razón por la que la abrieron. Y esa solo pueden descubrirla ellos.

Las palabras de Alamadila hicieron que los seis se volvieran a mirarnos. Laap había escuchado con los puños cerrados y la mandíbula apretada. Estaba delante de los que, para él, representaban lo que nunca podría llegar a ser porque, al traicionar a Abletum, habían contaminado esos valores con los que ahora se llenaban la boca. Ellos fueron los últimos responsables de que Bleng se recordara ahora como parte del grupo de traidores que provocaron la muerte de Abletum.

"Relájate", le pedí. "Recuerda nuestro plan. Necesitamos encontrar la carta de Bleng, y con ella podremos hacer justicia. Tenemos que averiguar si saben algo. Ese es nuestro objetivo; mostrar tu odio no servirá de nada".

Notaba su lucha interior, su cansancio, sus ganas de gritarles todo el rencor que su familia llevaba tres siglos acumulando... y el gran peso de esta responsabilidad. Respiró profundamente un par de veces y se dirigió a los témplaris, que nos miraban expectantes:

–Petra nos pidió que recordáramos en qué pensábamos antes de cruzar a este lado. Lo hemos hecho. –Se detuvo un instante y tragó algo más que saliva–. Los dos estamos de acuerdo en que, si estoy aquí, es para ayudar a Pablo a superar las amenazas de Camilo. No creemos que haya nada más.

El silencio que siguió a la intervención de Laap fue más fuerte que cualquiera de los sonidos. Estaba cargado de sorpresa y asombro (míos), tristeza, frustración, resignación, rabia contenida... Uno por uno, los témplaris volvieron a su sitio en la mesa.

–Recojamos las llaves y acabemos la reunión –dijo Madanel.

Sus ojos habían perdido el brillo. Ahora tenían el tono del agua estancada.

Volvieron a repetir aquellas frases extrañas alrededor de la mesa. Antes de recoger su reloj, Petra se separó del grupo y se acercó a nosotros.

–Laap, Pablo, supongo que estáis seguros de lo que decís.

Laap se limitó a no contradecirle.

Los demás guardianes, salvo Fionny, la pelirroja, fueron desvaneciéndose hasta desaparecer del todo. Los últimos en hacerlo fueron los gemelos.

–No hay descanso para los defensores del honor –dijeron mientras se borraban–. Ni para sus...

Y justo en ese momento, mi madre entró en la habitación.

***

Las últimas palabras de Oremor y Morai resonaban en mi cabeza mientras terminaba de vestirme. Me inquietaba no saber qué habían dicho, y recordarlo de una manera tan vívida me hizo temblar. Bajé a la cocina a tomar unos cereales, elegí dos plátanos y varias mandarinas y los metí en la mochila. Después, saqué del congelador un trozo de lasaña y lo dejé en un plato, sobre la encimera, para que se fuera descongelando hasta que volviera a comer. Me puse el abrigo y salí de casa. Quería preguntar a Laap por aquellas palabras que me faltaban y cuya ausencia me había contraído el estómago.

De camino al instituto envié un mensaje a Margot, citándola en el baño del tercer piso. Cada vez veía más clara la conexión entre Laap y yo y, después de la experiencia de la noche, estaba dispuesto a seguir mis intuiciones en este asunto.

Cuando nos encontramos en el cuarto de baño no tuve que preguntarle nada.

–No te perdiste nada. La frase de despedida de los gemelos es una cita del juramento témplaris: "No hay descanso para los defensores del honor ni para sus enemigos".

Ahí estaba la causa de mi aprensión. Aquella frase sonaba a advertencia: "No descansamos. Y si nos estáis mintiendo, vosotros tampoco lo haréis". Así se lo dije a Laap, que le quitó importancia.

–No, qué va. Petra me contó que esos dos siempre están en plan fatalista, que lleva trescientos años oyendo sus quejas. Dijo que, desde el principio, en el tema de Abletum, dejaron claro que ellos habrían actuado de otra manera. Pero que aceptaron la decisión del grupo.

–¿Quieres decir que Oremor y Morai intentaron defender al príncipe?

–Eso parece. Y creo que no fueron los únicos. Empiezan a caerme bien algunos de estos témplaris.

Dijo esto último con una media sonrisa. No conocía mucho a Laap, pero sí lo suficiente para saber que ese gesto ocultaba más de lo que pretendía mostrar. Pareció darse cuenta de mis dudas, porque continuó hablando sin que se lo pidiera:

–No todos se fueron, Fionny se quedó para hablar con Petra. Yo estaba junto a la mesa y se retiraron hacia la estantería. A pesar de sus precauciones pude oírlas claramente. Dijo que los gemelos tenían razón y que ella estaba ya muy cansada, porque su tiempo se acababa y no quería morir en el destierro. Petra la calló con un gesto. Después me miró y se despidió de mí. Empecé a marcharme, con mucha calma. Antes de cruzar la puerta pude escuchar a Fionny decir: "Es hora de mostrar las cartas, Petra. Ya hemos pagado bastante por algo que no debió de suceder así".

Laap se calló, esperando mi reacción a sus palabras. Por lo que decía, había dos posiciones opuestas dentro de los témplaris. Hasta ahora había prevalecido la más pacífica, pero la apertura de la puerta parecía haber despertado a los más beligerantes. Así se lo hice notar y él me respondió asombrado:

—¡Déjate de reflexiones, Pablo! ¡Fionny ha hablado de unas cartas!

—¿Unas cartas? —pregunté—. ¿Qué cart…?

"Es hora de mostrar las cartas, Petra", había dicho la guardiana de Dublín. Y Laap se lo había tomado al pie de la letra. Tuve que explicarle que aquella era una expresión bastante común, que venía a decir que había llegado el momento de sacar todos los argumentos para defender algo.

—Es parecido a ir al grano, poner toda la carne en el asador, gastar el último cartucho, sacar el conejo de la chistera…

—Eso está muy bien, pero Fionny no ha hablado de granos, carnes, cartuchos ni conejos. Ha dicho "cartas". Y no puede ser una coincidencia.

—No está hablando de unas cartas reales, Laap…

Margot nos encontró en el baño discutiendo sobre el tema. Venía un poco acelerada. Quiso enseñarnos algo en su cámara de fotos, pero no pudo porque los dos decidimos que iba a ser el árbitro de nuestro combate. Después de ponerla al día sobre lo que había ocurrido durante la noche, cada uno expusimos nuestras conclusiones y esperamos a que se pronunciara.

—Es verdad lo que dice Pablo —dijo sin pensarlo demasiado—. Es una frase hecha que no puede tomarse en sentido literal.

–Y en el caso de que tuvieras razón –añadí yo–, ¿qué es lo que propones? ¿Preguntar directamente a Petra? ¿Entrar en su despacho y revolverlo en busca de unas cartas que ni siquiera sabemos con seguridad si existen? Y todo esto sin que sospechen que tenga que ver con nuestra misión juntos, porque ya te encargaste tú de decirles que solo nos interesa Camilo.

–¡Por eso lo hice! Si Petra piensa que nuestro objetivo es neutralizar a Camilo no sospechará. Podremos buscar las cartas y...

–... y zanjado este asunto –cortó Margot bruscamente–. Si os parece, vamos a algo mucho más importante. Mirad.

Se colocó en medio de nosotros y encendió la cámara de fotos. En la pantalla pudimos ver la imagen de una caja de chinchetas abierta sobre una mesa. Pasó a la siguiente, donde vimos un paquete de tizas, algunas un poco deshechas, y luego varias de sillas con chinchetas en los asientos y la pizarra de una clase donde parecía que habían intentado escribir algo con una tiza mojada. Yo no entendía nada. Laap debía estar igual de sorprendido que yo porque, después de ver las fotos, se echó a reír. ¿Qué era eso? ¿Y por qué era importante?

–Me lo imaginaba –murmuró Margot apagando la cámara y mirando a Laap–. Tú tenías que estar detrás de esto.

Laap saludó fingiendo que se quitaba un sombrero e hizo una reverencia. Repitió el gesto a derecha e izquierda. Margot arrugaba la frente. Intentó empujarle, pero sus manos le atravesaron por los hombros y casi pierde el equilibrio.

–¿Alguien puede explicarme qué pasa aquí?

–Algo ruin, cruel, falso y...

–... brillante –completó Laap–. Prepárate, Pablo. Camilo no volverá a molestarte y Petra seguirá sin sospechar de nuestra verdadera misión. Solo nos falta encontrar la forma de sacarle información sobre esas cartas y ver si eso nos ayuda a acabar con los témplaris de una vez por todas. ¡Por el descanso y el honor de Bleng!

Seguía sin entender nada. Miré a Margot, que apretaba los puños con los ojos puestos en Laap. Si estos pudieran lanzar toda la ira que les hacía brillar así, Laap estaría completamente desintegrado. Volví a preguntar, esta vez directamente a ella.

–Tu... amigo ha mojado las tizas y se ha dedicado a poner chinchetas en varias sillas, incluida la del profesor, en mi clase. Y lo ha preparado todo para que Camilo parezca culpable.

–Ahora debe estar en el despacho de la directora preguntándose por qué y cómo han llegado a su cajonera las chinchetas y las tizas mojadas –completó Laap conteniendo la risa.

–Si esta va a ser vuestra manera de escarmentar a Camilo, no contéis conmigo –dijo Margot–. No voy a apoyar ninguna barbaridad así.

No sabía qué decir. Por un lado, tenía que contener la alegría, algo amarga, que me producía la situación: Camilo en el despacho del director, alucinado y sin poder explicar nada, llevándose una buena reprimenda y varios partes que le iban a mandar a casa al menos un par de días. Por otro, aunque no llegara a sospechar nada, yo sabía perfectamente con quién iba a pagar su frustración. Y luego estaba Margot, pidiéndome con la mirada que me pronunciara: ¿tenía yo algo que ver con eso? Y, si no era así, ¿de parte de quién estaba?

–Ni falta que nos hace, señorita –dijo Laap separando las sílabas de la última palabra–. Pablo, ¿qué te parece? Camilo no volverá a fastidiarte. Y, por si acaso, tengo preparadas algunas otras ideas. Además, así Petra y los demás verán que nos tomamos en serio nuestra misión y podremos dedicarnos a buscar las cartas sin que sospechen.

–¿Crees que os van a apoyar en vuestra venganza? ¿Los témplaris? Después de lo que me habéis contado que sucedió anoche, no tengo ninguna duda de que ellos no aprobarán vuestros métodos. Jamás defenderían una injusticia, aunque sea contra un... verdugo como Camilo.

Ahora sé que no era así, pero en ese momento las palabras de Margot llegaron a mis oídos como una defensa de Camilo y de sus fechorías. Sentí que algo se me rompía dentro; un chasquido como el de una cerilla al encenderse que prendió y provocó la explosión de la rabia contenida los últimos meses de humillaciones soportadas y miedos escondidos.

–¿Qué sabes tú de injusticias? –estallé–. ¿Cuántas veces te has encerrado en el baño de chicos para que te dejen en paz? ¿Has tenido que volver a casa sin zapatillas? ¿Has visto escrito en tu mesa, en tus libros, "Margot, pringada, das asco"?

Había roto el dique. Les hablé de esas y otras humillaciones que nunca antes había contado a nadie. Eran mis secretos. Los que llevaba tragándome todo el curso. Los causantes de las frustraciones de mi padre y las preocupaciones de mi madre. Los que estaban detrás de mi huida hacia dentro. Era como si, después de agitarla, hubiera destapado la botella de champán donde estaban todas encerradas. Ahora salían a borbotones, entre lágrimas que no me avergonzaba derramar ni mostrar.

Después de desahogarme me sentí cansado, triste, pero más ligero. Y seguro, como si soltarlo me hubiera devuelto la confianza en mí. Algo me decía que todo eso era ilusorio y, al mismo tiempo, disfrutaba de una sensación de fortaleza. En lugar de encogerse, por primera vez en mucho tiempo, el estómago se expandía hasta su tamaño normal y empecé a sentir un hambre atroz.

Mis amigos me dejaron terminar. Margot me acercó el papel higiénico y no pude evitar reírme recordando a Camilo y su descomposición. Como si me hubieran leído el pensamiento, los dos se contagiaron de esa risa, que acabó con la tensión por un momento y me permitió reponerme con algo de dignidad.

Pero no había olvidado las palabras de Margot, y la rabia contra Camilo no se había disuelto del todo. Aún no habían dejado de reírse cuando, sujetándola con fuerza de los brazos, me encaré con Margot.

–¡Estoy harto de tu integridad! ¡Me da igual que no quieras sumarte! Si con esto prueba algo de su medicina y se lo piensa antes de volver a intentar humillarme, yo estaré contento.

Fue así y no estoy orgulloso de ello. Ni siquiera ahora que ya ha pasado todo (y más; ha pasado mucho más que en ese momento ni siquiera podíamos imaginar). Aún noto el calor de la vergüenza en la cara cuando recuerdo a Margot conteniendo las lágrimas.

Laap fue a decir algo, pero lo pensó mejor y dio un paso atrás. Margot me miró como nunca antes nadie lo había hecho. Me quitó de la mano el papel higiénico y salió del baño. Cuando cerró la puerta, un vendaval me removió el pecho e hizo añicos mi corazón como si fuera un castillo de naipes.

8. AL ENEMIGO, NI AGUA

No volvimos a vernos hasta después de las clases, con Petra, en la biblioteca. Pasé la mañana regresando mentalmente una y otra vez al baño. Lo que había hecho Laap me había permitido contar mis experiencias con Camilo pero, aunque me había liberado de un gran peso, me preocupaba bastante que todo acabara volviéndose contra mí. De lo que no había duda era de que, después de meses soportando esa carga a la espalda, tocaba acostumbrarse a esta nueva situación. Igual que le pasa a un pájaro al que después de toda una vida entre barrotes un día le abren la jaula, me costaba aceptar que a partir de ahora dependía de mí salir volando.

Y cuando parecía que me iba desentumeciendo, que empezaba a estirarme y, poco a poco, tomaba conciencia de esa nueva sensación de ligereza, el portazo de Margot volvía a encogerme de nuevo. En apenas dos días mi relación con ella había pasado de la indiferencia al interés, la preocupación y...

algo más, para después arruinarse del todo. Y lo peor era que no tenía a nadie a quien culpar.

Trataba de buscar una justificación a mi comportamiento. ¿Qué otra cosa iba a hacer? ¿Volver a plegar alas? Ya estaba bien de agachar la cabeza. Además, era ella la que se había metido donde nadie la llamaba. Era tan fácil hablar desde la seguridad de la niña mona y valorada por todos... Pero estos argumentos y muchos más no podían quitarme la sensación de que, aunque mi reacción podía estar justificada, la había tenido con la persona que menos se lo merecía. A cambio de su preocupación e interés, había volcado en Margot todo mi desprecio y odio hacia Camilo, en una intervención digna del Óscar al mejor metepatas. Me había cargado algo que ni siquiera había llegado a nacer.

Entre estas reflexiones y la autocompasión pasé la mañana, hasta que nos vimos con Petra en la biblioteca. Ella fue la que nos informó de que habían expulsado a Camilo para el resto de la semana.

–Muchos aprovecharon para quejarse de otras gamberradas de Camilo y los suyos –explicó–, y, a pesar de que le pillaron con las chinchetas y las tizas mojadas en su mochila, él siguió diciendo que no tenía nada que ver.

Margot fue a decir algo, pero Laap se adelantó:

–¡Misión cumplida!

–¿Qué pasa? –preguntó Petra–. ¿Qué es eso de "misión cumplida"?

Margot me buscó con la mirada y yo bajé la cabeza muerto de vergüenza. De nuevo fue Laap el que habló y contó orgulloso su hazaña.

–¿Quieres decir que tú has sido el que ha organizado todo esto? –preguntó Petra escandalizada–. ¿Que esta vez Camilo no ha tenido nada que ver?

Laap saludó a su público con una reverencia. Después se acercó y me golpeó en el hombro, buscando mi aprobación. Margot, que estaba a mi lado, dio dos pasos hacia atrás. Yo alcé la cabeza y vi que Petra me miraba asombrada.

–Y tú, Pablo, ¿sabías algo de esto? ¿Lo habéis maquinado entre los dos? ¿Así pretendéis cumplir vuestra misión? ¿Con mentiras y trampas? La espada es el camino más fácil al odio –dijo con solemnidad–. Y el odio se alimenta de odio como el fuego...

–En una guerra cada uno usa lo que tiene, sean espadas o tizas mojadas –la interrumpió Laap–. Hace un par de días nos pedías que descubriéramos nuestra misión aquí y, ahora que la estamos llevando a cabo, nos vienes con viejos juramentos. Hemos derrotado a Camilo con sus propias armas. Además, esto compensa todas las veces que se ha librado de un castigo justo.

Me daba perfecta cuenta de que ellas no lo veían así y, al mismo tiempo, no podía evitar que el miedo me hiciera pensar que ya no podíamos dar marcha atrás. Camilo era ahora un rinoceronte herido y furioso. Si no le rematábamos, iba a revolverse y a arrollar lo que se le pusiera por delante. Y yo tenía casi todas las papeletas para ser el primero en sufrir su rabia.

Petra no dijo nada. Seguía mirándome como si Laap no hubiera hablado, esperando que respondiera a sus preguntas. Margot se había acercado más a ella y se sujetaba el mechón de pelo con la mano, enrollándolo y desenrollándolo en un dedo. Su mirada no expresaba asombro ni duda. No necesitaba escucharme para saber que ya había elegido. Petra interpretó mi silencio del mismo modo. Y acertaron.

–Estamos vinculados, Petra –retomó su discurso Laap–. La misión es de los dos. Yo quiero cumplirla y volver a casa cuanto antes. Y vosotras os habéis comprometido a ayudarnos.

Margot fue a decir algo, pero Petra la agarró de la mano. Dejó caer las gafas sobre el pecho y, después, se llevó la otra mano al bolsillo del reloj, que estaba vacío. Buscó en la pared el reloj de la biblioteca y estuvo mirándolo casi un minuto, tiempo en el que todos nos serenamos.

–Podemos daros mil y un argumentos contrarios a vuestro plan, pero mientras no seáis vosotros los que os deis cuenta de que esta no es la manera, no hay nada que hacer. Sí, os ayudaremos –afirmó mientras Margot abría mucho los ojos y le apretaba con fuerza la mano–, pero no contéis con nosotras para nada relacionado con engañar o hacer daño a nadie. Margot, quédate con ellos. Quizá puedas aportarles algo de cordura en algún momento. Ahora, me voy a comer a la cafetería.

Al oír a Petra decir que se iba a comer, mis tripas y las de Margot se pusieron a dialogar. El reloj de la biblioteca marcaba ya las tres y media, y por un momento en mi cabeza solo hubo espacio para la lasaña que me esperaba en casa. Además, no tenía nada que decir. Había quedado todo meridianamente claro. Margot y yo recogimos nuestras mochilas y, siguiendo las indicaciones de nuestros hambrientos estómagos que rugían a dúo, salimos de la biblioteca. Ya me estaba imaginando la situación incómoda de caminar por la calle juntos, sin mirarnos ni dirigirnos la palabra, cuando Margot se paró a colocarse el pelo en el pasillo. Yo miré hacia atrás y, al ver que se lo tomaba con calma, entendí el mensaje y seguí caminando. Pero mi soledad duró poco, porque Laap atravesó una pared y apareció en el pasillo, en medio de nosotros.

–¿Dónde vais? Tenemos que organizar la segunda parte del plan.

–Han terminado las clases –dijo Margot con tono agrio–. Mañana lo vemos.

Era cierto que nuestro plan tenía dos partes: librarme de Camilo y recuperar la carta de Bleng. No es que se me hubiera olvidado. Digamos que lo había dejado a un lado con la esperanza ingenua de que nadie se acordara. En ese momento bastante tenía con la ensalada de emociones que me mareaba. Por eso no quise mirar atrás y seguí caminando muy despacio, como si ignorarlo pudiera hacer que desapareciera.

–Bueno –dijo Laap–, podemos hablarlo mientras vais a casa. Si Pablo me lleva...

Al principio no lo entendí. Estuve a punto de girarme y preguntarle que cómo quería que le llevara: ¿a hombros? ¿En bici? ¿De la manita? ¿O se refería a…?

–Ni lo sueñes –dije dándome la vuelta–, yo no te saco de aquí. Ya tuve bastante con lo de anoche. Paso de otra experiencia paranormal.

–Pero si anoche fui yo quien te llevó. Esto es distinto. Tú tendrás el mando. Podrás hacerme caso o no, decir o no lo que yo te dicte...

–Que no, Laap, no vas a... –¿Poseerme? ¿Entrar?–... No voy a ser tu... –¿Portador? ¿Receptor? ¿Vehículo?–... No te pienso llevar a ningún sitio. Y menos, fuera del instituto.

–Pues lo hablamos aquí.

Discutimos un rato, pero los argumentos del hambre no valen con un ser ectoplásmico que ni siente ni padece las necesidades del cuerpo. Al final quedamos en que comeríamos en la cafetería y hablaríamos allí. Margot, mientras tanto, permanecía callada y con los brazos cruzados.

–¿Vamos a la cafetería?

–Han terminado las clases –repitió Margot. Esta vez usó un tono mecánico, casi de mensaje grabado.

–Se supone que tienes que ayudarnos –insistió Laap.

–No en mi tiempo libre.

Genial. Margot se había tomado el encargo de Petra como algo profesional: de nueve a dos. Entendía su enfado. Y admiraba que se atreviera a oponerse. En el fondo, envidiaba su seguridad, su valentía. Mi orgullo, ahora libre y ligero, me decía que la diéramos la espalda y nos olvidásemos de ella, y estoy seguro de que Laap pensaba igual. Pero el poco coraje y sentido común que me quedaban –en el fondo seguía pensando que podría recuperar lo que fuera que había existido entre nosotros– hicieron que tratara de convencerla. Finalmente llamó a su casa y accedió a quedarse.

En la cafetería pedimos bocadillos –tortilla, para mí; lomo con queso, para Margot– y una ensalada. Elegimos una mesa apartada con tres sillas. Petra estaba en el otro extremo de la sala, junto a las máquinas de refrescos. Una chica se acercó a preguntar si la tercera silla estaba ocupada.

–Sí –respondimos a la vez al ver a Laap sentado en ella.

La chica dudó un momento y se fue a buscar otra.

–¿A qué sabe eso? –nos preguntó–. Parece pan de trigo.

–Son bocadillos –respondí agradeciendo que empezáramos a hablar de un tema tan trivial–. Pan de trigo partido por la mitad y, entre pan y pan, puedes poner lo que te apetezca.

–¿Y eso? –añadió señalando la ensalada–. ¿Qué es? Tiene buena pinta...

–¿Quieres probar? –le invité acercándoselo a la cara.

Escuché el "Sí, gracias" al tiempo que me daba cuenta de lo que acababa de hacer. Y mientras oía a Margot decir "Pero si no puede comer", noté como si todos los focos de un estadio de fútbol me estuvieran apuntando a la cara. Desapareció el comedor, Margot, las mesas... Solo veía una luz blanca que, muy lentamente, empezó a atenuarse hasta que recuperé totalmente la visión. Margot seguía a mi lado, pero Laap había desaparecido. Sin saber qué estaba haciendo, me acerqué el tenedor a la boca.

"¡Agggg!", escuché en mi cabeza. "Esto sabe a hierba".

Dejé el cubierto sobre el plato y alargué la mano hacia Margot, que estaba a punto de probar su bocadillo, se lo arrebaté y le di un buen mordisco.

"¡Hmmmm!, esto está mucho mejor", exclamó la voz.

–Pero ¿qué estás haciendo? –gritó Margot.

La gente de alrededor dejó de comer, se giró hacia nosotros y pudo ver cómo me quitaba el bocadillo de las manos de un tirón, haciendo que saltara un filete de lomo por los aires. Fue a parar al vaso de refresco de una mesa cercana.

–Yo no... Lo siento –logré decir antes de que Laap me hablara de nuevo.

"Dile que muchas gracias. ¿Dónde hay una servilleta? ¿No notas que tienes unas migas en la boca?"

No tuve que limpiarme, ya se encargó él con la manga de mi sudadera. Estaba claro que había aprendido de la experiencia de la noche anterior. Con bastante esfuerzo conseguí dejar de frotarme la boca con la manga y apoyar los dos antebrazos en la mesa. Viendo que ahí ya no podía controlarme, Laap optó por las piernas, y antes de que me diera cuenta mis pies estaban zapateando bajo la mesa como si fuera un bailarín de claqué. Los pocos que habían dejado de mirarnos volvieron a girarse hacia nuestra mesa. He de reconocer que no lo hacía mal.

–¡Estate... quie... to! –grité poniendo las manos sobre los muslos.

Margot, mientras tanto, se había olvidado de su filete volador y parecía que se estaba divirtiendo.

–Vaya, estás hecho todo un bailarín.

–Dice que gracias y que si quieres puede enseñarte ahora mis... ¡No!

Tuve que frenarle –frenarme– porque ya tenía las manos de Margot entre las suyas –mías– y me estaba levantando de la silla. Cuando volvimos a sentarnos, Laap intentó soltarla, pero entonces fui yo quien se resistió.

"Vaya, vaya...", murmuró.

El comentario me desconcentró. Margot me estaba mirando a los ojos justo en el momento en que Laap tomaba de nuevo las riendas. Su cara decía que acababa de ver cómo mis ojos se habían transformado en los de él y que no le gustaba. Intentó soltarse, pero cuando conseguí hacerme con el control vi cómo se relajaba y dejaba de forcejear.

Petra había hecho un amago de levantarse dos veces para acercarse donde estábamos. La verdad es que llamábamos bastante la atención: gritando de pronto, sin saber si levantarnos o quedarnos sentados y, desde hacía un rato, con las manos entrelazadas. Supongo que parecíamos una pareja enfadada. Al menos eso es lo que se imaginaría nuestro público.

Respiré hondo y, para evitar que pareciera aún más extraño, miré a Margot a la cara y dije en voz baja:

–Vamos a llegar a un acuerdo, Laap. Si quieres que transmita lo que me cuentes, deja que yo controle mis movimientos. Si no lo haces, me levantaré y, aunque tenga que arrastrarme por el suelo, saldré de la cafetería y tú de mi cuerpo. Y ya puedes cantar ópera en mi cabeza, que no pienso hacerte caso.

Negociamos un rato ante la mirada atónita de Margot. Al final quedamos en que nada de bailes ni movimientos bruscos, y que si quería utilizar las manos, primero me lo pediría. A cambio, yo transmitiría todo lo que él me dijera, siempre y cuando no fuera ofensivo ni burlesco. La gente había vuelto a sus comidas y a cuchichear. De vez en cuando alguien se giraba de nuevo y nos sonreía. De pronto me di cuenta de que aún sostenía las manos de Margot y las solté. Ella se estremeció y empezó a frotárselas con energía.

"Trato hecho", dijo para sellar el acuerdo. "Ahora, ¿podemos hablar de lo verdaderamente importante, tortolitos?".

Noté cómo el calor me subía por las mejillas. Miré a Margot pensando que podía haberle oído.

"Tranquilo, no hace falta que me traduzcas literalmente."

–¿Qué te está diciendo?

–Que me deja que no sea del todo literal al interpretarle –respondí, recuperando la compostura.

–¿Se va a estar quieto?

–Me lo ha prometido. "Palabra de caballero témplaris", dice.

–Pregúntale cuál es su plan para recuperar las cartas.

–Él te escucha, Margot, no hace falta que yo le repita lo que dices. Parece que quiere que volvamos al despacho de Petra y la entretengamos mientras él busca la carta o alguna pista. Sigue convencido de que la tiene ella por lo que oyó en la reunión de los témplaris.

–¿Y no sería más fácil tantear a Petra primero? Laap puede contarle su sueño y nosotros observar cómo reacciona. Si le suena a chino, es que no sabe nada. Ella no la tiene y nos ahorramos la aventura. Y si duda, se pone nerviosa o intenta cambiar de tema, podemos presionarla un poco más y hacer que nos la entregue. Además, si su teoría es cierta, tendríamos el apoyo de varios témplaris.

Yo compartía la idea de Margot. Me parecía lo más sencillo y confiaba en que Petra iba a entenderlo. Desde el primer momento me había sentido incómodo al ocultar a los témplaris esta segunda parte de nuestra misión. Laap insistió en que teníamos que hacerlo a su manera para evitar riesgos, porque ¿qué pasaría si Petra se enteraba y no quería darnos la carta?

–Pero ¡si ni siquiera sabemos si la tiene!

"Por eso tenemos que buscarla", decía Laap, y yo lo trasladaba como un traductor simultáneo. "Estoy seguro de que al menos sabe dónde está. Y si no la encontramos, tengo la manera de hacer que nos lo diga".

–¡Yo no voy a participar en ningún chantaje, Pablo!

A partir de ese momento, mi cabeza se convirtió en el plató de un programa de debates de la televisión. Laap no quiso decirnos a qué se refería con eso de hacer que Petra hablara. Solo nos dijo que lo que tenía era mejor que cualquier "as en la chistera" e incluso que un "conejo en la manga". Hablaba por encima de Margot que, al no escucharle, continuaba con su discurso. Y yo no sabía si hablar por mí, por Laap o levantarme y salir de la cafetería para dejar de llevar a Laap y que los dos discutieran cara a cara. Hubo un momento en que desconecté y dejé de hacer de intérprete, y a Margot pareció no importarle, pues siguió con su monólogo. Volví a concentrarme cuando la escuché:

–... Chantajear a una profesora. Ni en sueños, vamos. Pero... ¡QUÉ ESTÁS HACIENDO!

Sobre la mesa, entre ella y yo, había un corazón de granos de maíz atravesado por una flecha de tiras de zanahoria. Las risas de las otras mesas habían dejado de ser discretas y la cafetería empezó a parecerse a un salón de banquetes de boda en el que todo el mundo hablaba a la vez. Estoy seguro de que más de uno se contuvo de gritar "¡Vivan los novios!".

Me miré las manos, que estaban desmenuzando un trozo de tomate para ensangrentar la punta de la flecha.

Estaba tan bloqueado que no podía controlar los movimientos de Laap, que ahora me hacía acercar las manos a las de Margot, más que colorada. Tenía la cara como una remolacha y sus ojos decían que era más de furia que de vergüenza. Abrió la mano y barrió con ella el dibujo de la mesa. Como si no acabara de creerse lo que pasaba, se quedó unos segundos con la boca abierta. Sin que yo pudiera evitarlo, Laap aprovechó para lanzarle, con mis manos, un grano de maíz. Canasta. Risas y silbidos.

Petra le paró la mano a dos milímetros de mi cara, nos agarró a los dos y nos sacó del comedor. En cuanto cruzamos la puerta volví a notar cómo una luz blanquísima me cegaba durante unos segundos. Después, poco a poco, recuperé la visión. Por suerte el pasillo estaba vacío. Cualquiera que hubiera pasado por allí se habría quedado paralizado al ver a Margot bracear como si tuviera delante una nube invisible de mosquitos. Frente a ella, Laap sonreía dejándose atravesar por sus manotazos mientras mostraba las palmas de las manos en son de paz. A mi lado, ajena a la pelea, Petra intentaba reanimarme. Cuando vio que podía levantarme solo se acercó a sujetar a Margot.

Laap fue a hablar, pero la mirada de Petra le quitó las ganas. El brillo naranja de sus ojos intentaba escaparse por los bordes de las lentillas, dando la sensación de que en cada ojo se había producido un pequeño eclipse. Fuimos a su despacho sin abrir la boca. En la puerta, Petra se dio la vuelta para decirnos algo, pero lo pensó mejor. Estaba tan enfadada que no se dio cuenta, agarró el pomo roto y lo giró, intentando abrirla. Después empujó la barra de emergencia y entró seguida de Margot.

–Mira tú por dónde –susurró Laap–, ahora mismo vamos a poder empezar nuestra búsqueda.

Margot volvió la cabeza hacia nosotros y, en silencio, movió los labios en un claro "ni en broma" mientras cruzaba y descruzaba las manos. Pero Laap ya había desaparecido dentro de la estantería de libros.

–¿Vosotros os creéis que esto es un videojuego? ¿O una película? –preguntó Petra.

Hablaba con tono cansado, casi aburrido. Parecía vencida, como un padre que se rinde ante la evidencia de los suspensos de su hijo. Solo le faltaba decirnos "¿qué voy a hacer con vosotros?" y suspirar. Yo sabía que esa resignación no iba a ser permanente y que en cuanto abriéramos la boca podría desatarse el huracán. Margot seguía enfadada. Se notaba que se mordía la lengua para no decir nada a Petra.

–Espero que tuvieseis una buena razón para montar el espectáculo en la cafetería.

No la teníamos, así que seguimos callados. Laap brujuleaba entre los muebles con aire distraído. Miraba bajo los libros y los objetos de la estantería, revolvía papeles...

–Os la habéis jugado con la trampa a Camilo y os ha salido bien por suerte. Pero no podéis seguir actuando así, tan despreocupados. No voy a consentir que volváis a usar engaños y mentiras para conseguir vuestros propósitos porque... ¿Estás buscando algo, Laap?

–So... solo curioseaba –respondió con un tirachinas en la mano–. Es un collar muy bonito.

Petra suspiró y yo pasé del susto a la carcajada. Laap dejó el tirachinas en la estantería y se acercó a nosotros, negando con la cabeza. Se acabó la búsqueda por esta vez.

–Si queréis cumplir vuestra misión, buscad una manera pacífica de hacerlo. El fuego no puede apagarse con fuego. Cuanto más molestéis a Camilo, más le alimentaréis. Se hará más fuerte y vuestra estrategia se volverá contra vosotros.

–Tonterías –dijo Laap–. De momento está fuera del instituto durante tres días, y el fin de semana remataremos el plan para acabar con él... con su obsesión por ti, Pablo. Y después, podré irme.

Las palabras de Petra avivaron el miedo que tenía dormido. Volvió a mi cabeza la imagen de Camilo como un jabalí herido que se revolvía contra sus cazadores y tuve claro que ya era tarde para aplicar sus estrategias. Teníamos que terminar lo que habíamos empezado.

–Los resultados de actuar así son... imprevisibles. Pero ya no podemos hacer más. Es vuestra decisión, y todos la sufriremos.

Mientras Petra seguía con su discurso, Laap había vuelto a curiosear por el despacho, esta vez con más interés que antes, sin aparentar descuido. Estaba sacando de la estantería unos libros que parecían muy viejos. Al verle, Petra se acercó adonde estaba e hizo ademán de sacar su reloj del bolsillo del chaleco, pero ahí no había nada.

–¡Deja esos libros!

–Son las cinco, Petra –dijo Margot señalando el reloj de pared–. Tengo que volver a casa.

La maniobra de distracción funcionó. Petra recolocó los libros y nos invitó a salir de su despacho. Una vez fuera, acompañamos a Laap al cuarto de baño del tercer piso.

–No he encontrado nada...

–Porque no hay nada –terminó la frase Margot.

–¿Ah, no? Entonces, ¿por qué se ha puesto tan nerviosa cuando he quitado los libros de la estantería?

–Serán libros antiguos –dije–. Importantes para...

–... Ocultar algo –me interrumpió Laap–. ¿Os acordáis de dónde guardó las desbloqueadoras?

–¡El cofremuro! –dijimos Margot y yo a la vez.

Sonreí y ella bajó la cara para que no la viera hacer lo mismo.

–Si tiene la carta, seguro que está en ese lugar. Es el más seguro del despacho.

–¿Y cómo vamos a conseguir abrirlo?

–Di mejor cómo vamos a conseguir hacerlo aparecer –me corrigió Margot.

—Nos colaremos en el despacho para buscar con calma. Y, si no lo conseguimos, sacaré mi conejo de la manga y obligaremos a Petra a que nos lo dé.

Conteniendo la risa, nos despedimos de Laap para soltar una carcajada a gusto en el pasillo. Margot fue la primera en estallar. Su risa abrió una ventana y el aire infló mi estómago encogido. Algo me decía que la vuelta a casa no iba a ser tan incómoda como parecía en un principio.

9. ENIGMAS Y FANALES

Tres días sin el aliento de Camilo en la nuca, sin tener que esconderme y viendo cómo su pandilla me esquivaba. Tres días de paz en los que aproveché para intentar convencer a Margot de que quitar a Camilo las ganas de seguir molestando justificaba nuestros medios.

Durante ese tiempo comprobé que no solo el chándal, también las mallas, los vaqueros, las botas altas, los jerséis... le sentaban de cine. Su tutora le había pedido que le llevara las tareas de esos días a Camilo para que no perdiera el ritmo de la clase.

–Lo tiene difícil para estudiar –me contó–. Su abuela acaba de instalarse con ellos, está sorda como un muro y pone la televisión a todo volumen. Además, sus hermanos mayores no es que le traten muy bien. Te aseguro que el Camilo del colegio no se parece apenas al de casa. Eso sí, está convencido de que tú has tenido algo que ver con su expulsión y dice que se las vas a pagar.

Justo lo que necesitaba oír.

A pesar de esto, Margot insistía con sus propuestas pacíficas de convencerle, pero todas tenían un punto débil fácil de encontrar: Camilo no era pacífico. Después de mucho discutir, Margot acabó por aceptar que eran necesarios métodos más expeditivos que sentarse a hablar con él, y yo descarté la idea de atascar los baños e inventar pruebas falsas que le culparan.

–Ni eso ni nada que se le parezca –me insistió.

–Entonces no te planteo que me dejes a Zeus para que se restriegue bien en su toalla del gimnasio –dije con cara de resignación y fingiendo un puchero.

No me respondió. Intentó una mirada severa y dura, yo aumenté mi puchero y no tuvo más remedio que dejarse vencer por una carcajada que le hizo temblar la mandíbula.

Aunque al principio pensamos que no teníamos mucho en común –ella, deportista e inquieta por naturaleza; yo, lector y sedentario–, pronto descubrimos que a los dos nos gustaba Nirvana, los cómics de Neil Gaiman y el ciclismo por la televisión, entre otras cosas.

Lo cierto es que, a pesar de discutir y no ponernos de acuerdo muchas veces, después del incidente del corazón de granos de maíz los dos parecíamos disfrutar de pasar tiempo juntos. Dedicamos un descanso de media mañana a defender las croquetas de nuestras respectivas abuelas como las más sabrosas del mundo y decidimos hacer una cata ciega para demostrarlo.

En otra ocasión le permití algo que no consiento ni a mi madre: que criticara mi imagen y se atreviera a proponerme un cambio de estilo.

—No te digo todos los días, pero de vez en cuando una camisa, o algo diferente a esas deportivas gastadas...

Durante esos días de calma, Laap apenas se dejó ver. Estuvo intentando sin éxito encontrar una manera de entrar en el despacho de Petra sin que esta lo supiera. De vez en cuando pagaba su frustración con los amigos de Camilo, que vagaban como náufragos por los pasillos, volcando una papelera a su paso, subiendo y bajando las persianas...

—Es imposible —concluyó el viernes—. Cada vez que atravieso la puerta aparezco en las escaleras de emergencia que suben hacia la terraza. He probado también a abrirla empujando la barra de emergencia mientras lo pedía por favor, o recitando el juramento témplaris...

—¿Y girando el pomo? —preguntó Margot con voz ingenua y conteniendo la risa—. Me han dicho que muchas puertas se abren de esa manera...

—Para tu información, está roto —bufó Laap—, así que no tiene sentido intentarlo.

—Sigo pensando que podemos hablar directamente con Petra y preguntarle por la carta. Nos ahorraría mucho tiempo y trabajo.

—Tanto —aclaró Laap—, que lo mismo eso que propones nos impide hacer cualquier trabajo.

La cosa empezaba a ponerse tensa entre ellos dos. Decidí cambiar de tema.

–Bueno, yo no descartaría ninguna de las dos opciones. De todos modos, creo que es más urgente hablar de cómo actuaremos cuando vuelva Camilo el lunes.

–Pablo, has prometido...

–Sí, tranquila, solo digo que no podemos dejar las cosas así porque tú misma lo has dicho: seguro que Camilo viene con ansias de venganza y tengo muchas papeletas para ser yo el objeto de su rabia.

–Yo no he prometido nada... –dijo Laap con media sonrisa.

Margot abrió los ojos como un dibujo manga. Fue a decir algo, pero estábamos en mi terreno. Había pensado mucho tiempo cómo abordar este tema sin que Laap o Margot se opusieran, así que intenté no desautorizar ni apoyar claramente a ninguno de los dos.

–Pero si estamos juntos en lo de Petra –dije mirándole serio–, también lo estamos en esto. Se me ha ocurrido que podemos quedar con él en los baños, intentar hablar y, solo si no entra en razón, tú puedes asustarle un poco.

–No suena mal –reflexionó en voz alta Laap.

–Siempre y cuando "asustarle un poco" no signifique que le vaya a dar un infarto.

–No, claro que no... –aseguró Laap. Daba la espalda a Margot y me miraba con una media sonrisa que era cualquier cosa menos tranquilizadora–. Mañana lo organizamos todo.

Yo asentí a los dos, que parecieron conformarse, y di por zanjado el asunto. Después de poner a prueba mis dotes de diplomático internacional y conseguir que llegaran a un acuerdo pensé que, si me lo proponía, podría llegar a ser, sin apenas esfuerzo, Secretario General de la ONU o mediador entre palestinos e israelíes.

***

Los días de calma y, sobre todo, el buen rollo con Margot me habían cambiado el carácter. Era como si hubiera tomado un elixir que me hiciera olvidar que era un adolescente rebelde y peleado con la vida. Y sus efectos se extendían más allá del instituto. En casa ordené mi habitación, consentí cortarme el pelo e incluso pedí a mi madre que fuésemos a comprar ropa.

—Pero si tienes el armario lleno de sudaderas, vaqueros y camisetas.

—Ya, pero yo pensaba en algo diferente.

—¿Diferente? —intervino mi padre—. Miedo me das. Porque supongo que para ti diferente no significa chaquetas, pantalones de pinza, zapatos o camisas.

—Pues a lo mejor camisas o unos zapatos...

Los dos me observaron con los ojos como fuentes de ensalada; después se miraron entre ellos y se echaron a reír.

—¿Qué? A lo mejor los necesito alguna vez —dije poniéndome como el disco rojo de un semáforo—. No voy a estar todos los días con chándal o pantalones desgastados y deportivas viejas.

No había manera de que ellos supieran que Margot me había dicho esas mismas palabras un par de días atrás. Tampoco parecía que lo necesitaran para deducir el porqué de mi intento de cambio de imagen. Me levanté enfadado de la mesa y salí de la cocina. Mientras iba hacia mi habitación escuché a mi padre decir:

—Empezaré a vigilar mi colonia, que nunca se sabe...

Y el portazo que di cuando entré en mi dormitorio se tragó las risas y el resto de sus palabras.

***

El sábado llegué al instituto temprano, en el descanso del primer partido, que había empezado a las ocho y media. El instituto Ángel González nos ganaba por tres puntos en baloncesto y las chicas de fútbol sala calentaban en el otro campo.

Margot llevaba la equipación oficial de "Las Vanessas": pantalón y camiseta verde con medias blancas. En lugar de coleta, se sujetaba el pelo con una diadema elástica, también verde, que mantenía a raya a su mechón rebelde. Estuve un buen rato observándola. Se movía con mucha seguridad al ir a por la pelota y con ella en los pies. Alguien lanzó el balón demasiado alto, Margot saltó para intentar alcanzarlo y su camiseta se subió lo justo para que pudiera ver en su espalda una especie de constelación de lunares cerca de la cintura. El balón pasó por encima de ella y, botando en el suelo, llegó hasta donde estaba yo. Margot comenzó a correr hacia mí. Antes de que llegara le lancé la pelota con la esperanza de que la alcanzara y volviera a entrenar, pero ella la mandó de un puntapié a la cancha y siguió acercándose.

–¿Has venido a verme jugar? –preguntó sonriendo y con los brazos en jarras.

Yo no me podía quitar los lunares de la cabeza. Y no me atrevía a mirarla directamente a los ojos, por si pudiera leerme la mente.

–No... Sí... Yo, he quedado con Laap para organizar nuestro PCC del lunes…

Un velo de decepción cubrió apenas medio segundo sus ojos. Después se llevó instintivamente la mano al pelo, buscando su mechón. Cuando se dio cuenta de que no lo tenía, la bajó y volvió a sonreír.

–¿PCC? ¿Te refieres a un plan?

–Plan de Contención a Camilo, sí. Tenemos que conseguir que vaya a nuestro baño. Solo para hablar con él. –Quise dejarlo claro.

No me veía capaz de aguantar otra decepción.

Margot no me preguntó más sobre el tema. Se limitó a asentir y decirme que luego le contara en qué habíamos quedado y si ella tenía que hacer algo.

–Pero te recuerdo que conmigo no contáis para ninguna gamberrada.

–Descuida. No voy a dejar a Laap monte otro guirigay.

Volvió al campo y yo me encaminé al edificio de las aulas. En teoría solo se podía pasar a los baños de la planta inferior y a los vestuarios del gimnasio, pero no había nadie por los pasillos y no me costó mucho subir al tercer piso sin ser descubierto.

Laap me estaba esperando. Se entretenía abriendo y cerrando los grifos y haciendo bolas de papel higiénico mojado.

–Ni sueñes con ponerte a atascar los baños con eso. Prometimos a Margot que...

–Tranquilo, que no es mi idea. Solo comprobaba si podía hacer estas bolas –me dijo–. Me aburro tanto aquí dentro...

–Si lo que quieres es darme pena, lo llevas crudo. Margot dice que...

–Margot dice, le he dicho a Margot, Margot esto y lo otro... –me interrumpió. Sus ojos brillaban como dos canicas–. No te la quitas de la boca.

Lo dijo frunciendo los labios como si quisiera tirarme un beso. Después lanzó un suspiro y me puso la mano en el hombro.

–No te preocupes –susurró en tono confidente–, no pienso decir nada. Pero ¿no crees que es demasiada mujer para ti?

Me sentía como un pez fuera del agua, con la boca abierta en una mueca ridícula. Me costó reaccionar y, cuando lo hice, me di cuenta de que la mano de Laap en mi hombro estaba húmeda y me empapaba la sudadera. Era la primera vez que me tocaba y la sentía ahí, apretándome el brazo en lugar de atravesándolo. Como si mi mente hubiera bloqueado sus comentarios sobre Margot y yo, le dije:

–¿Co... cómo puedes tocarme? ¿Y el agua?

–Créeme –respondió apretando el hombro algo más fuerte–. Aquí encerrado hay poco que hacer, y practicar para mejorar mi capacidad de tocar tu mundo es lo único que me entretiene.

Le imaginé cambiando las cosas de lugar, acariciando a la gente sin que esta le viera, dando patadas a algo que salía volando, separando el pelo de la cara a Margot... Margot...

–¡Oye! Que Margot y yo... Yo y Margot no...

–Ya, ya me imagino que no te ves. Por eso te lo digo, Pablo, como amigo. –Conteniendo la risa que se le escapaba por los ojos, volvió a ponerme la mano en el hombro–. Esa chica no...

–¡Ya está bien! –grité apartándole el brazo–. Déjanos en paz. Eso no te importa. Margot y yo somos amigos y... ¡No tengo que darte explicaciones!

Esto último me lo dije más a mí que a Laap. Por un lado tenía ganas de mandarle a paseo y por otro no podía evitar justificarme como si estuviera haciendo algo vergonzoso. Él dio dos pasos hacia atrás cruzando las manos delante de la cara.

–Muy gracioso –murmuré entre dientes–. Tenemos un plan que concretar, ¿no?

–Vale, vale, ya lo dejo –dijo sin parar de reír–. Tampoco hay mucho que planear. Camilo viene aquí, hablas con él, no te hace caso, le damos un susto de... casi muerte, para que no se enfade Margot, te deja en paz y asunto concluido.

–Todo claro como el agua, sí, salvo un pequeño detalle: hay que traer a Camilo.

–Bueno, esa parte del plan es tuya –dijo mientras abría varios grifos y escribía su nombre en el espejo con jabón líquido–. Yo me encargo del escenario y los efectos especiales.

–¿De qué efectos especiales estáis hablando? –preguntó Petra desde la puerta–. Menudo escándalo estáis montando, se oyen vuestros ruidos desde el segundo piso. Pero no tenemos tiempo ahora de explicaciones, necesito que vengáis conmigo.

–¿Otra reunión de amiguitos témplaris a punto de jubilarse? –comentó sarcástico Laap.

–No –respondió Petra sin inmutarse–. Es el Consejo. Los Cuatro Fanales quieren conoceros personalmente.

Laap se quedó paralizado. Ahora era él quien tenía la cara de un pez.

–¿Quiénes son Los Cuatro Fanales? –pregunté.

–No podemos hacerles esperar. Que te lo vaya contando Laap por el camino. Si le salen las palabras.

Mientras nos alejábamos del baño Laap fue recuperando poco a poco el color pero, a pesar de que le insistí, no dijo nada. Petra iba varios pasos delante de nosotros. Cuando llegamos a la puerta de emergencia ya la había abierto y nos esperaba para entrar.

El despacho parecía más grande que la última vez. No es que hubiera ganado espacio ordenando los libros, que seguían desbordando todos los rincones, se trataba más bien de la sensación que provocaban las cuatro personas que nos esperaban junto a la mesa. Ellos sí parecían fantasmas. Tenían un brillo alrededor que iluminaba la estancia con una luz suave, como si estuviera tamizada por un cristal algo opaco. Eran más transparentes que Laap. Mirarlos era como asomarse a una ventana, hacían de filtros y todo a través de ellos se veía grande, espacioso, cálido. Vestían una túnica blanca que les tapaba los pies y llevaban el pelo gris suelto en una larga cascada hasta la cintura. A simple vista, era imposible adivinar su edad o si eran hombres o mujeres.

Petra hizo una reverencia y yo repetí su saludo. Los fanales inclinaron levemente la cabeza y el más cercano al sofá habló, dirigiéndose a Laap, que se había quedado en la puerta, sin atreverse a poner un pie en el despacho.

–Pasa, muchacho, no te quedes ahí.

Era una voz rugosa y cálida, de anciano venerable de película, que tranquilizaba como una infusión de melisa. Al oírla pensé inmediatamente en Margot y yo, sentados en una playa solitaria, escuchando romper las olas.

–Gracias por traerlos, Petra –dijo otro de ellos. Si no le hubiera visto mover los labios habría jurado que era el mismo de antes. Su voz era idéntica–. Sentaos, por favor. No os entretendremos mucho. Podréis regresar antes de que acabe el descanso del partido de vuestra amiga. Laap, tú ya nos conoces. ¿Qué puedes decir a tu amigo de nosotros?

Laap se había sentado en el sofá, pero no parecía que la voz de los fanales surtiera el mismo efecto relajante en él. Se estaba mordiendo los nudillos y no se atrevía a mirarlos. Petra le apartó la mano de la boca y le invitó a responder con un gesto afirmativo de la cabeza. Tomó aire y, como si estuviera recitando una lección, empezó a hablar sin levantar la mirada del suelo.

–Los Cuatro Fanales, nuestros protectores desde antes de que el primer árbol del Bosque de Tejos hubiera nacido. Se dice que son cuatro caras de una sola energía que mantiene en vida a lo vivo, sin juzgarlo y sin intervenir en su destino, a pesar de que conocen todas las maneras de hacerlo. Su presencia siempre se ha interpretado como el aviso de que algo grave está a punto de ocurrir.

–Has elegido prudentemente tus palabras, Laap –dijo el tercero con la misma voz–. Somos uno en cuatro, sí, observadores sin poderes para torcer el destino que se nos revela, pero sí para avisar cuando algo importante, que no tiene por qué ser grave, está a punto de ocurrir.

–Aparecemos ante reyes –continuó el último–, antes de su concepción o de su muerte; pero también junto a un pastor que va a cruzar con su rebaño un río aparentemente tranquilo. Y ahora estamos ante vosotros porque habéis abierto la puerta de Meldior.

Noté un sudor frío en la frente y, al mismo tiempo, cómo mis carrillos ardían y se enrojecían por el miedo y la culpa. Laap se había encogido en el sillón como un perro asustado.

–No valoramos si esos actos son buenos o malos. Tampoco somos quiénes para castigar o premiar. Tan solo subrayamos lo que ya sabéis. Este es nuestro mensaje para vosotros: podéis engañar al más poderoso rey, pero nunca a vosotros mismos. A veces una misma respuesta sirve para resolver diferentes preguntas. Si quieres salir de una habitación por la ventana, primero deberás entrar en ella por la puerta. Y el tiempo es la llave que abre la correcta.

Aquellos cuatro seres eran como una especie de oráculo, unos adivinos que veían el futuro y avisaban de sus consecuencias. La primera parte del mensaje era clara e hizo que me enrojeciera aún más. Se estaban refiriendo a la información que no habíamos compartido con Petra y los témplaris. Pero no veía el sentido del resto. Sonaba a algo obvio y, al mismo tiempo, parecía esconder un mensaje en clave que se suponía que deberíamos entender, aunque ni Laap ni yo dimos señales de hacerlo. Permanecimos callados unos minutos, esperando que dijeran algo más que aclarara esa información. Los fanales siguieron ante nosotros, pero su atención ya estaba muy lejos de allí. Laap se irguió y yo me sobresalté al oírle:

–¿Quiere esto decir que es más importante hacerse la pregunta acertada que encontrar la respuesta correcta?

Los cuatro espectros volvieron de nuevo a fijarse en nosotros. Tres de ellos nos miraron serios y el cuarto esbozó una discreta sonrisa antes de hablar:

–Eres digno representante del linaje de Bleng, joven Laap. Quiere decir –continuó recuperando la seriedad–, que a veces una misma respuesta sirve para resolver diferentes preguntas.

–Pero... –intenté intervenir yo y Laap me interrumpió.

Poco a poco había recuperado el color y empezaba a soltarse. Aun así, hablaba con mucho respeto, cuidando las palabras y sin atreverse a mirarles a la cara.

–¿Sabe el rey que se ha abierto la puerta? ¿Qué conoce de la historia de los témplaris?

Esta vez las medias sonrisas aparecieron en Los Cuatro Fanales y también en el rostro de Petra. Sin necesidad de ponerse de acuerdo, dieron la palabra al que se había convertido en su portavoz.

–Hemos avisado al rey de que cuando no se limpian los caminos, un pequeño incendio puede convertirlos en cauces de fuego. –Laap arrugó la frente–. Y respecto a los témplaris, solo podemos decirte que hay cosas que Mésilon se llevó a la tumba y otras que no se enterraron con él. Y de las dos, el rey apenas conoce unas pocas.

Aquél galimatías se estaba enredando cada vez más. Esperaba que Laap me diera una explicación cuando terminara nuestra –su– conversación con ellos. Como si me hubiera leído la mente, alzó la cabeza y me guiñó un ojo. Después miró hacia los espectros e hizo un saludo, esta vez nada teatral, inclinando la cabeza. Los cuatro respondieron con un gesto idéntico y el portavoz volvió a tomar la palabra.

–También tenemos mensajes para ti, Petra.

La aludida se sorprendió, pero recobró la compostura inmediatamente.

–Os escucho.

–El haber sufrido una epidemia no libra al pueblo de recaídas. Y estas pueden ser más graves si no está preparado. –Petra asintió–. A veces lo que perdemos nos ayuda a encontrar algo mucho más valioso, aunque sin ello los minutos se hagan horas y las puertas parezcan cerradas para siempre.

Las últimas palabras del fanal inquietaron a Petra, que miró hacia todas partes hasta depositar la vista en el reloj de pared del despacho. Habían pasado casi quince minutos, una hora en el patio. Yo miré con preocupación hacia la mesa. Margot estaría apurando el descanso.

–Sí, Pablo –asintió el fanal con una sonrisa–. Ya es la hora. Nos volveremos a ver, si el destino así lo quiere.

Y con estas palabras y una nueva inclinación de cabeza, poco a poco, se desvanecieron.

10. EL TIEMPO ES LA LLAVE

Cuando desaparecieron los fanales, Petra se puso a ordenar la mesa. Estaba tan abstraída que no respondió a nuestro adiós. Lo que había ocurrido en el despacho me había provocado muchas más dudas que certezas y me moría de ganas de que Laap compartiera conmigo sus deducciones, por si así sacaba algo en claro.

Sin embargo, mi compañero se mostró tan concentrado y ausente como Petra. Después de lanzarle tres preguntas directas y recibir como única respuesta una especie de mugido breve, me paré en mitad de las escaleras para intentar llamar su atención. Pero él siguió andando, imbuido en sus pensamientos.

–¡Laap! –grité finalmente–. ¿Quieres hacerme caso?

Continuó bajando y, al llegar al descansillo del segundo piso, paró, se dio la vuelta y, sin esperar a que le preguntara, comenzó a reflexionar en voz alta.

–Lo saben. Ellos lo saben –dijo apenas en un susurro–. Conocen lo que tengo que hacer aquí. Nos han dado pistas en sus mensajes. Y si a Petra también le han traído alguno, no dudes que estará relacionado con los nuestros. Fíjate, tienen muchas coincidencias: el tiempo, las puertas, las llaves...

–¿Tú te has enterado de algo? Porque yo no he pillado ni tres letras seguidas. ¿Qué son las...?

–Nuestro mensaje está bastante claro, sobre todo la primera parte. –Yo asentí. En eso coincidíamos–. La segunda nos dice que no vamos mal encaminados en lo que estamos buscando. La clave está en, cuando lo encontremos, saber usarlo.

–¿Te refieres al trabalenguas de las preguntas, las respuestas, las puertas y las ventanas?

–Exacto. Por lo que parece, encontrar la carta sería la respuesta correcta. Pero no solo a nuestro objetivo. Tenemos que pensar qué más resolvería conseguirla.

–¿Significa esto que ya descartamos la venganza? –pregunté esperanzado–. Pero seguimos adelante con el PCC, ¿verdad?

–Si es cierto lo que estamos interpretando, puede ser que nuestro plan sirva para limpiar el honor de Bleng y para algo más. Y sobre Camilo, no te preocupes. Ese es un tema de este mundo y se escapa al control de los fanales.

–¿Y qué pasa con la última parte de nuestro mensaje, eso del tiempo que abre la puerta?

–"El tiempo es la llave que abre la correcta" –dijo Laap sonriendo–. Sobre eso tengo una teoría. Pero es necesario que entremos en el despacho de Petra para comprobarla.

Estábamos solos en el pasillo. Por las ventanas se oía el bullicio del patio. De momento, nuestro mensaje cobraba sentido con las deducciones de Laap.

Tres pitidos cortos me hicieron recordar que Margot estaba a punto de llegar al descanso de su partido. Quería aprovechar el parón para ponerla al día de nuestras pesquisas y aún quedaba saber qué habían querido decir a Petra los fanales.

–Si, como dices, nuestros mensajes y los de Petra están relacionados, ¿qué es eso de las epidemias, de perder algo y encontrar otra cosa mejor, que los minutos se hacen horas y...?

No sé si fue sugestión, necesidad de respuestas o agilidad mental lo que hizo que en ese momento lo viera claro: yo conocía un lugar donde quince minutos hacían una hora.

–¡Estaban hablando del despacho de Petra! Eso significa que la carta seguramente esté allí.

–Ahá... –asintió Laap poniendo cara de "te lo dije".

–Y Petra debe haber perdido algo importante... ¡Por eso buscaba y ordenaba la mesa!

–En efecto.

–¿No habrá perdido la carta? –pregunté asustado.

Laap casi se echó a reír. Estaba tranquilo y parecía muy seguro. Se acercó a donde yo estaba y me puso las dos manos en los hombros. Sentí la presión de sus dedos y un pequeño escalofrío me recorrió la espalda.

–Te puedo asegurar que Petra no está buscando ahora ningún papel. Te lo demostraré cuando entremos de nuevo en su despacho.

Y, sin dejarme responder, continuó bajando las escaleras hacia el patio.

***

Cuando llegamos a la cancha nos colocamos junto al banquillo del equipo contrario. El entrenador cerró su cuaderno. Masticaba exageradamente un chicle y nos miró como si fuésemos espías. Laap le sacó la lengua y no llegó a más porque le insté a que nos separásemos un poco. No me interesaba tener a alguien mosqueado mirando cada dos por tres hacia nosotros, con un amigo invisible al lado. Las jugadoras de los dos equipos estaban peloteando para no enfriarse. Margot nos vio, se acercó a su banquillo, se puso la sudadera y, con un balón en los pies, vino hasta la banda.

Le contamos el encuentro con Los Cuatro Fanales y nuestras deducciones. Preguntó cómo afectaba esto al Plan de Contención a Camilo y propuso que nos olvidásemos de la venganza de Bleng.

–¡Qué curioso! –dijo Laap sonriéndome–. Eso mismo acaba de proponer Pablo. Parecéis almas gemelas.

Me hubiera encantado tener una aspiradora de ectoplasmas que se tragara a Laap y todas sus gracias. Bajé los ojos hasta que escuché balbucear a Margot. Ella también se había sonrojado.

–No... si Pablo ya... Yo...

Laap se regodeó un buen rato y yo lamenté no poder darle una patada. Cuando creyó que se había divertido lo suficiente a nuestra costa, siguió poniendo al día a Margot. Al terminar su historia, ya recuperada, Margot preguntó:

–¿Por qué querías saber qué opinaba el rey de todo esto?

A mí me parecía una pregunta sin ninguna importancia. Se había fijado en un detalle totalmente secundario de la historia. Algo que, estoy seguro, Laap solo había mencionado para destacar que se había atrevido a preguntar a los fanales y que estos le habían reconocido como fiel heredero de su tía abuela Bleng. La reacción de Laap vino a reforzarme en esa idea porque, después de un estudiado silencio, se pasó unos minutos vanagloriándose de su perspicacia e inteligencia al plantear a los fanales preguntas como esa.

–¿Y me vas a contestar, o solo vas a hablar de ti? –le espetó interrumpiendo su discurso.

Ya no quedaba ni el recuerdo de la Margot sonrojada.

Laap se agachó y recogió la pelota de sus pies. Por un instante, el entrenador del equipo contrario vio cómo esta se elevaba y flotaba en el aire. Abrió tanto la boca que se le cayó el chicle. Margot le dio un manotazo antes de que nadie más lo viera y, una vez en el suelo, apoyó el pie sobre el balón. Fue a decir algo a Laap pero este se adelantó.

–Cuando nos vimos con Petra y sus amigos, comentaron que el rey y su gabinete intentaban distraer la atención del pueblo con mentiras sobre los témplaris –dijo buscando mi aprobación con la mirada.

–Es verdad –confirmé–, esa es una de las razones por las que creemos que alguno de ellos quiere que la carta vea la luz.

–Lo cierto es que los ánimos están muy revueltos en mi mundo –continuó Laap–. Parece que algo está sucediendo en la Tierra Nueva. Dicen que el río Rzeka ha cambiado el sentido de la corriente y la gente tiene miedo. La última vez que ocurrió esto fue el preludio de nueve años de oscuridad y sequía.

–Y tu rey –concluyó Margot–, en lugar de buscar soluciones, desempolva las leyendas sobre los témplaris para que la gente tenga a quién culpar de sus desgracias.

–Exacto. Y si los fanales le han visitado, probablemente esté bastante nervioso.

–Su mensaje era para estarlo –añadí yo–: "Si no se limpian los caminos, pueden convertirse en cauces de fuego".

–Esto me hace pensar que sabe que se ha abierto el portal y que tiene miedo de que los témplaris echen al traste su maniobra de distracción. Aunque, por otro lado, los fanales nos quisieron dar un mensaje de tranquilidad al decir que no conoce muchas cosas de los témplaris.

–En resumen, estamos donde empezamos –sentenció Margot.

–... Pero no como empezamos.

–¿Ah, no? –Empezaba a estar un poco harto de tanto misterio a dos bandas.

Parecía que Laap y Margot se divertían hablando en clave mientras yo miraba a uno y a otro como una mascota que no sabe cuál de sus amos lleva la galleta en el bolsillo.

–No –concedió Laap con un suspiro–. Ahora sabemos más cosas. Por un lado, que el rey tiene miedo...

–... Y por otro –completó Margot–, que a lo mejor podíamos dejar en paz a Camilo y centrarnos en el tema de la carta.

–Lo de Camilo es un tema de este mundo –dijimos Laap y yo al mismo tiempo.

–Y no interesa ni a los fanales ni a los témplaris –añadí.

Laap le aseguró que nuestra intención era convencerle por las buenas. Margot buscó mi confirmación. Le prometí que todo iba a salir como lo habíamos hablado aunque, instintivamente, metí la mano en el bolsillo y crucé los dedos como cuando mentía a mi madre de pequeño.

–En lo que sí tienes razón, Margot, es en que ahora lo prioritario es recuperar la carta –volvió Laap a la carga–. Y eso me lleva a que es necesario volver al despacho de Petra.

–Pues hablando del rey de Roma...

En ese momento Petra salía del edificio y se acercaba a la cancha donde los más pequeños jugaban al fútbol. Llegó hasta donde los padres se habían reunido y se sentó entre ellos. Al instante, un grupo de niños la rodeó y ella empezó a repartir dulces que sacaba de los bolsillos.

–Es nuestra oportunidad –continuó Laap–. Seguro que se queda ahí hasta el final del torneo infantil.

El árbitro del partido de Margot sopló su silbato. Ella volvió con su equipo después de recordarnos de nuevo que tuviésemos cuidado. "Sobre todo tú", quise leer en sus ojos antes de que se fuera corriendo hacia el campo. Detrás de ella salió el balón propulsado por el pie invisible de Laap y entró limpiamente en la portería ante los ojos atónitos del entrenador del equipo contrario. Ahora fui yo el que le sacó la lengua.

Nos fuimos hacia el edificio riéndonos. Le dije a Laap que si mi madre le conociera rápidamente le calificaría como una "mala influencia" para mí.

–Y eso que aún no hemos allanado el despacho de Petra.

Mientras subíamos las escaleras por segunda vez ese día, Laap me contó su plan. Básicamente consistía en entrar en el despacho, abrir la caja de seguridad y hacerse con la carta.

–Y supongo que tendrás alguna idea de cómo hacer todo eso que has pensado.

–Alguna tengo, sí –respondió misterioso–. Pero no me vendría mal un poco de ayuda. Sobre todo en la primera parte del plan.

Habíamos llegado a la puerta de emergencia tras la que, como decía Margot, de vez en cuando estaba el despacho de

Petra. Laap se puso a juguetear con el pomo mientras me miraba y sonreía.

—Ya sé que está estropeado, no hace falta que me lo recuerdes.

Presioné la barra de emergencia para abrirla... y me encontré en el acceso a la azotea. Volví a cerrar y a abrir varias veces, de todas las maneras que se me ocurrían: apretando la barra más fuerte, más despacio, en el centro, a la derecha, a la izquierda, con una mano, con las dos... Y siempre aparecía en el distribuidor del que salía la escalera hacia la azotea.

—Pues si no encontramos la manera de abrir el despacho, de nada nos servirá que tengas claro lo que tenemos que hacer una vez dentro, Laap.

—Contaba con que tú superaras este obstáculo. No debe ser tan difícil abrir una puerta de dos entradas en este mundo. Si estuviésemos en Caltynia yo sabría cómo hacerlo.

Laap no podía saberlo, pero esa era la primera vez que oía hablar de puertas de dos entradas. Y si confiaba en que yo conociera la manera correcta de abrirlas, ya podíamos ir llamando a un cerrajero con habilidades extrasensoriales.

—Por si no lo recuerdas —bufé mientras volvía a cerrar la puerta—, en este mundo las puertas solo sirven para entrar a un sitio, no a dos. Petra tuvo esta idea para ocultar su despacho a los curiosos.

Laap había estirado el brazo para volver a girar el pomo roto, pero frenó el movimiento a medias y lo dejó caer. La seguridad que había exhibido unos minutos antes desapareció de su cara.

–Entonces, ¿no sabes...? ¿No tenéis puertas de dos entradas?

–Pues me temo que no. Pero podemos probar con palabras mágicas este lado: "Abracadabra", "!Ábrete, sésamo!", "¡Jamalajá jamalají!"... –exclamé haciendo aspavientos exagerados con los brazos.

–Muy gracioso, sí señor –respondió pegando un manotazo al pomo y haciéndolo girar en sentido contrario a las agujas del reloj, como una brújula loca.

–Genial, por si no estaba estropeado del todo, ahora lo has pasado de rosca –dije alargando el brazo.

El pomo se detuvo cuando lo toqué con la mano y se quedó fijo, con la manilla perpendicular al suelo.

–Se ha atascado –constaté–. Petra se va a dar cuenta de que alguien ha estado manipulando la puerta.

Apreté con fuerza, intentado devolverlo a su posición original, pero se había quedado fijo y era imposible recolocarlo. Mientras me esforzaba por solucionar el desaguisado que había hecho Laap, me apoyé en la barra de la puerta y esta se abrió sin que me lo esperara. Me habría caído al suelo de no ser porque encontré antes el sofá del despacho de Petra en mi camino. Aterricé de espaldas en él, esparciendo varios libros y papeles por el suelo. No había tenido tiempo de darme cuenta de dónde estaba cuando Laap, a mi lado, volvía a sonreír y me felicitaba.

–Sabía que lo conseguirías.

–Pues yo no. Y sigo sin saber cómo... –respondí.

–El caso es que ya estamos dentro –me interrumpió al tiempo que cerraba la puerta–. Ahora me toca actuar a mí. A ver si mis sospechas son ciertas.

Mientras él se dirigía hacia la pared frente a la mesa, donde estaba colgado el reloj de las horas de quince minutos, yo me acerqué de nuevo a la puerta. Por dentro el pomo funcionaba perfectamente. La abrí y me encontré con la escalera de emergencia, de donde veníamos. A ese lado, la manilla había vuelto a su posición. Intenté girarla hacia la izquierda y a las dos vueltas se volvió a bloquear.

–Es la manilla. Está estropeada a propósito, solo abre la puerta si la giras al revés. Entonces se bloquea la entrada a la escalera y se abre la del despacho...

–Sí, sí, la manilla al revés...

Laap pasaba de mis reflexiones. Ya estábamos dentro y eso era lo importante; cómo lo habíamos conseguido le traía sin cuidado. Alcé la vista y le vi trasteando en el reloj de pared. Lo había descolgado y, con cuidado para que el péndulo no se parara, hurgaba por detrás, entre la maquinaria.

–Pero ¿qué haces?

–Busco una cosa que escondí y que, si no me he equivocado, nos ayudará a encontrar la carta.

Por fin sacó la mano de las tripas del reloj guardando algo en el puño cerrado. Lo colgó de nuevo y comprobó que todo estaba en orden. Después, se acercó al sillón. Una cadena plateada se le escapaba entre los dedos.

–¿Qué es eso que buscabas? ¿Lo has encontrado?

Como respuesta, abrió la mano delante de mis narices.

–Pero... ese es el...

–El reloj de Petra, sí. El que encierra el tiempo, que es la llave que abre la respuesta correcta.

Apretó un botón que había sobre la cuerda e inmediatamente se abrió, mostrando una esfera en su interior en la que brillaba un líquido denso y verdoso que se mecía lentamente. Seis manecillas giraban a diferentes velocidades y en distintas direcciones. A los lados, dos esferas más pequeñas donde no había entrado el líquido, contenían una especie de diagrama de barras que se movían como las luces de un ecualizador de sonido. Estuve pasando la mirada del reloj a la sonrisa de Laap hasta que este cerró la tapa y lo dejó sobre el escritorio. Recordé a Petra palpándose el bolsillo del chaleco varias veces durante los últimos días y mirando el reloj de pared en su despacho para saber la hora.

–¿Cómo...? ¿Se lo has robado?

–Digamos que aproveché su discusión con Fionny para tomarlo prestado. Lo dejó sobre la mesa con los objetos de los demás témplaris cuando se reunieron aquí. Entonces no me fiaba mucho de ella y quería tener algo que me sirviera para controlarla si era necesario. Me di cuenta de que el reloj era importante y decidí examinarlo más de cerca. Era mi as en la chistera.

–¿Y por qué lo guardaste en el reloj de pared? ¿Por qué no te lo llevaste?

–He ido perfeccionando poco a poco mi habilidad para manejar objetos, pero por entonces apenas podía sujetarlo unos segundos. Además, ¿dónde lo iba a guardar? ¿En un bolsillo? –dijo dando la vuelta a los de los pantalones–. ¿Qué crees que pensaría la gente al ver un reloj flotando en el aire?

–Entonces el reloj es eso que perdió Petra y que le puede ayudar a encontrar algo más valioso...

–"... Aunque las puertas parezcan cerradas para siempre" –añadió–. Eso es lo que pensé al oír a los fanales. Y me acordé de que la primera vez que estuvimos con Petra aquí, ella tenía el reloj en la mano cuando abrió el cofremuro y guardó las desbloqueadoras.

–Y también lo tenía en la mano cuando apareciste. Margot me dijo que lo vio brillar cuando Petra suspendió la clase para ir al baño a buscarnos.

–Sí. Cada vez que ha pasado algo importante, ha consultado el reloj.

Aunque con esfuerzo, todo aquello podía tener sentido. El reloj de Petra parecía una llave que abría diferentes cosas; una respuesta para diferentes preguntas, según se usara de uno u otro modo. De momento sabíamos que permitía el acceso al escondrijo donde podría estar la carta de Mésilon. Mientras Laap empezaba a quitar libros de la estantería para dejar al descubierto el hueco del cofremuro, una cuestión ya conocida se abría paso en mi cabeza.

–¿Y cómo vamos a abrirlo? Esta vez no tenemos pomos rotos. Ni siquiera una puerta. Solo una pared y un reloj de bolsillo que no sabemos utilizar.

–¿Qué hizo Petra cuando guardó las desbloqueadoras?

Cerré los ojos. Sé que es un gesto muy de película, pero a mí me ayuda a pensar. Visualicé a Petra delante de la hornacina, con el reloj en la mano. La tapa estaba abierta. Lo sujetaba sobre la mano izquierda y lo miraba como si estuviera cronometrando lo que tardaba en abrirse, mientras con la derecha...

–¡Daba cuerda! ¡Estaba dando cuerda al reloj!

Laap tomó el reloj del escritorio, se puso delante de la estantería y empezó a darle cuerda. Estuvo haciéndolo unos segundos, pero no pasó nada. Lo intentó en sentido contrario con igual resultado.

–No ocurre nada. ¿Recuerdas si murmuraba algo mientras lo hacía?

Estaba seguro de que no. Tenía la imagen de Petra girando un poco la cuerda y mirando el reloj, volviendo de nuevo a girar y a mirar...

–Espera –dije–. Déjame el reloj.

Laap me lo acercó. Desprendía calor y me dio la impresión de que se movía. Era como tener en la mano un trozo de pan caliente o un animal pequeño. Instintivamente pensé en

Zeus, el gato de Margot. Con dos dedos tiré suavemente de la cuerda. La rueda hizo un clic, se elevó ligeramente y dos manecillas se quedaron quietas en la esfera. Cuando la giré empezaron a moverse como si las empujara.

–Es probable que no estuviera dando cuerda, sino moviendo las manecillas para marcar una hora concreta –dije volviendo a tirar de la ruedecilla.

Un nuevo clic, y otras dos manecillas se detuvieron.

–Una hora... ¡Claro! ¡Eso es! –exclamó Laap–. ¡Cómo no se me ha ocurrido antes! ¡Es una hora imborrable!

Tomó el reloj de mis manos y se puso a girar la cuerda.

–Supongo que tampoco celebráis horas imborrables aquí –dijo mirándome. No tuve que asentir, mi cara de no entender nada debía decirlo todo. En los últimos días la había perfeccionado tanto que no tenía ni que pensarla–. Los caltyos no solo celebramos fechas. Todos tenemos unas horas imborrables que marcan acontecimientos de nuestra vida, de la historia... Cualquiera podría decirte la hora en que este año vamos a cambiar a la segunda estación, la del nacimiento de Mésilon o la de la última canción de Clovis Frime, el mayor poeta de todos los tiempos, que coincide con la de su muerte. Y cada uno recuerda la de su nacimiento, su primer paso o su primera palabra... Así podemos celebrar esos eventos cada día si nos apetece. Y el día concreto del aniversario, siempre puede hacerse una fiesta especial.

Estaba aprendiendo mucho sobre tradiciones del otro lado del espejo, pero no veía cómo esto podía ayudarnos a abrir el cofremuro. Ni siquiera éramos capaces de intuir alguna de las fechas imborrables de Petra. Era como intentar acertar la combinación de una caja fuerte probando números al azar. Intenté calcular aproximadamente nuestras posibilidades de acierto, pero desistí cuando me di cuenta de que era más fácil que mis padres me compraran una motocicleta para mi decimosexto cumpleaños.

–No quiero desilusionarte, pero no sabemos ni la hora a la que nació Petra ni cuándo dijo su primera palabra o se sorbió los mocos por primera vez.

Laap no me hizo caso. Parecía poseído por una energía sobrenatural. Empezó a probar combinaciones de horas imborrables para todos los caltyos: el nacimiento de Samsa, la muerte de Mésilon, la de Abletum, la entrada de la primera estación, de la segunda... Pero no ocurrió nada.

Poco a poco esa energía se fue agotando, hasta que dejó el reloj sobre el escritorio. De ahí lo recogí a tiempo de salvarlo de un manotazo lleno de frustración que a punto estuvo de arrojarlo al suelo.

–¡A saber qué hora importante habrá elegido Petra! –exclamé contrariado–. Es como querer adivinar el pin de una tarjeta de crédito, pero sin conocer ni siquiera la fecha del cumpleaños del titular.

–Es injusto –se lamentó Laap–. Estábamos tan cerca...

Abatidos, nos sentamos en el sofá. Según el reloj de pared llevábamos en el despacho siete minutos. Habían pasado veintiocho fuera.

–Estamos perdidos. Necesitaríamos algo que nos iluminara un poco.

–Sí, claro –se burló Laap–. Un rayo de sol del atardecer...

Como si nos hubieran pinchado en la espalda, los dos nos incorporamos en el sofá.

–¿Tú crees...?

–Podría ser...

–No perdemos nada por intentarlo...

Nos levantamos. Laap se fue hacia la estantería y alcanzó el *Manual de historia caltya*. Con algo de suerte, allí podía estar nuestra última oportunidad para abrir el cofremuro y conseguir la carta de Mésilon.

II. ¡ÁBRETE, SÉSAMO!

Sentados de nuevo en el sillón, Laap pasaba las páginas a toda velocidad, saltándose capítulos enteros.

–¿No vas demasiado deprisa? A lo mejor podríamos consultar el índice.

–Me sé este libro de memoria. El destierro de los témplaris está casi por la mitad y tiene una imagen de... ¡Aquí!

Dejó el libro abierto en una doble página ocupada en su mayor parte por la foto de un cuadro. A la derecha se veían seis siluetas borrosas de espaldas, como desvaneciéndose, caminando hacia la puesta de sol. Solo se distinguía claramente en el hombro derecho de cada una de ellas una "T" roja y, sobre esta, una corona dorada como las de los reyes de los cuentos. A la izquierda, fuera de la escena pero en primer plano, un rey vestido con lujo miraba al espectador. Era el retrato de una persona abatida y sin esperanza. Ojeroso, con los labios muy finos y sin apenas color. La cara recorrida por un laberinto de arrugas pintadas con mucho cuidado. El brillo de sus adornos contrastaba con la tristeza gris de su rostro. Parecía que estuviera soñando o recordando la escena de los seis desterrados.

–"Mi esperanza se escapó/montada en su último rayo" –recitó Laap mientras paseaba su dedo índice por los renglones–. El romance del destierro...

–Sí –le interrumpí–. Si no nos equivocamos, podemos haber encontrado la hora imborrable de Petra.

–Tiene que estar en algún lugar. Es una hora importante... –murmuraba entre dientes.

Pasó la hoja y continuó su recorrido por los renglones. Yo me levanté a por el reloj de Petra. Ahora tenía dos manecillas paradas. Las otras cuatro y el contenido viscoso de las pequeñas esferas se movían a diferentes ritmos.

–Fue al atardecer. A unas malas –dije–, nos tocará probar todas las combinaciones posibles entre las seis y las nueve, más o menos.

–Pues empieza por las siete y veintitrés –dijo Laap sonriendo, antes de cerrar el libro de golpe.

Me puse frente al cofremuro y coloqué las manecillas en esa posición antes de que Laap llegase a mi lado. La pared permaneció inmóvil. Laap me quitó el reloj, comprobó que todo estaba en orden, movió las manecillas y volvió a colocarlas en la misma posición, sin resultado. Me acerqué al muro y empujé, pero no cedió. Estábamos delante de una estantería plagada de libros salvo en un pequeño espacio que dejaba ver la pared y que no parecía dispuesto a abrirse.

—¿Estás seguro de que era este el sitio de la estantería?

Laap me miró con cara de pocas bromas.

—Tercer estante, sí, detrás de la *Historia caltya*, con los libros encuadernados en piel.

—A lo mejor Petra susurró algo, además de poner la clave en el reloj.

—No puedo creerlo. ¡Otra vez nos quedamos parados y sin respuesta! —exclamó golpeando la mesa con el puño.

Había recuperado el reloj. Lo tenía delante de la cara. Dos manecillas marcaban una hora exacta mientras las otras cuatro seguían girando a su ritmo. Tardé apenas tres segundos en darme cuenta de lo que pasaba. Entonces sonreí y, con el pulgar, presioné la ruedecilla de la cuerda. Las dos manecillas que estaban fijas empezaron a moverse al tiempo que exclamaba con exageración:

—¡Ábrete, sésamo!

El reloj brilló como la pantalla de un móvil. Frente a nosotros, el recuadro de pared se oscureció un poco, oímos un ruido como si algo pesado se arrastrara por el suelo y luego un *¡plop!* que me recordó al taponazo de una botella de champán.

Un surco muy fino delimitaba la parte del muro que se había desplazado ligeramente hacia delante. Laap me miraba asombrado. Parecía un muñeco de feria al que hubiera que meter una pelota por la boca para ganar el premio. Giré el reloj para que viera cómo todas las manecillas se movían. El líquido de las pequeñas esferas había adquirido un tono salmón.

–Estas palabras nunca fallan –sonreí–. Sobre todo si antes has puesto en marcha el reloj.

Un nuevo ruido nos hizo girarnos hacia la pared. La parte desplazada volvía lentamente a su posición.

–¡Se está cerrando! –grité dando un paso hacia delante y metiendo un dedo por la ranura.

El ruido cesó. Saqué mi dedo y la pared se movió un poco más hacia fuera. Con las dos manos, tiré suavemente de uno de los lados y se abrió igual que una puerta sujeta al muro con bisagras invisibles.

El agujero estaba dividido en dos estantes. El de arriba guardaba varias fichas metálicas redondas, dos cuadernos de hojas amarillentas con pinta de deshacerse con solo soplar sobre ellas y lo que parecía una montañita de chicles masticados. En el de abajo estaba la caja de las desbloqueadoras. Ahora todas eran pequeños huevos dorados. Al fondo se adivinaba una bolsa de terciopelo verde donde deduje que estarían las cortezas. Como si se tratara de un plan mil veces ensayado, levanté la caja mientras Laap cumplía su parte rescatando dos sobres tan amarillos y frágiles como las hojas de los cuadernos. Uno estaba abierto; el otro cerrado con un lacre en el que se veían grabados la "T" y la corona, los signos témplaris.

Laap sacó del sobre abierto un papel, lo desplegó con cuidado y empezó a leerlo para sí.

–Es el acta de expulsión de los témplaris. La original –dijo señalando la firma–. Hay una copia en la Biblioteca de las Siete Repúblicas y otra en el Museo de Historia Caltya. Ahora no nos interesa.

Volvió a guardarla en el sobre y lo dejó en el estante. Tocó el otro como si pudiera deshacerse. Con dos dedos lo giró y vimos que en la parte delantera no había más que unas gotas de lacre muy pequeñas junto a los nombres de los seis témplaris supervivientes. Yo había empezado a sudar por las manos. No sabía dónde meterlas. Laap, más tranquilo, buscaba la manera de abrir la carta.

–No sé en tu mundo, pero aquí abrir el correo ajeno es un delito.

–¿Y vas a llamar tú a vuestro Consejo para decírselo? Porque te aseguro que Petra no lo hará. Y yo tampoco.

Después de intentarlo con cuidado, se olvidó de la delicadeza y luchó contra el lacre que no se despegaba. Encontró unas tijeras en el escritorio y fue a cortar el borde del sobre, pero también resultó imposible.

–Será porque todavía no controlo del todo mi relación con los objetos. Prueba tú.

Traté de levantar el lacre con ayuda de las tijeras, rasgar el papel, cortarlo... pero sin éxito. Tan pronto se volvía elástico como una goma, como duro y rígido como una plancha de acero. Nunca había visto algo parecido. Lo recorrí con los dedos milímetro a milímetro. Se notaba que había un papel doblado dentro, pero ni rastro de juntas, solapas o puntas despegadas de las que tirar para abrirlo. Parecía que el sobre fuera de una sola pieza, sin fisuras.

–Es como si estuviera vivo. Se defiende de nuestros ataques. Parece cosa de magia.

–¡Maldita sea! –exclamó Laap haciéndose con la caja de desbloqueadoras–. Puede que aquí sea magia, pero en Caltynia se llama pacto de sylt.

Ese nombre me resultaba conocido. Busqué en mi memoria, pero no logré recordar dónde lo había oído antes.

–Y ahora –dije forzando una sonrisa–, es cuando yo tengo que preguntar: ¿quién demonios es ese... Sylt?

–Quién no. Qué –me corrigió Laap–. El sylt es la resina que sueltan las desbloqueadoras. El adhesivo más resistente que se conoce. Petra y los suyos lo han usado para cerrar el sobre –dijo señalando el lacre.

–¿Y lo del pacto?

–El sylt es una materia viva y crea un vínculo entre él y quien lo utiliza. Si sabes hacerlo, se convierte en un guardián inquebrantable. Estas manchas pequeñas junto a los nombres de los témplaris son como llaves. Solo si Petra y los demás se ponen de acuerdo, el sylt abrirá el sobre.

Quince días antes habría pensado que me estaba volviendo loco. Pero quince días antes no había descubierto que mi profesora tenía más de trescientos años, que los espejos del baño podían hacerse gelatina o que las escaleras de emergencia del instituto llevaban a una cápsula temporal donde todo iba cuatro veces más despacio. Así que, ¿por qué no creerme que la resina de unos frutos dorados podía convertirse en un guardián más seguro que la caja fuerte del director de la CIA? Miré la pared. El reloj indicaba que hacía casi veinte minutos que habíamos entrado en el despacho.

—Laap, el partido de Margot ya ha terminado y probablemente el torneo infantil también. Mejor salimos. Yo me encargo de esto —dije alargando las manos hacia el sobre. Laap se resistió a dármelo—. Tú no puedes llevarlo encima, tarde o temprano se te caerá. Dámelo. ¿Estás seguro de que no hay ninguna manera de abrirlo?

—No se conoce ninguna. Es imposible.

—Quizá haya algo aquí contra lo que no sea inmune. No sé, la lejía, el zumo de limón... Puedo intentarlo si quieres este fin de semana. A lo mejor a Margot se le ocurre algo.

Laap se había derrumbado en el sofá. Desde allí extendió la mano con el sobre, pero sin levantarla del reposabrazos. Tuve que dar dos pasos hacia él para alcanzarla.

—Si quieres usarlo como excusa para verte con Margot, por mí perfecto. Pero no vais a conseguir nada. Todo nuestro plan se ha ido al traste. Debí haberme dado cuenta al ver las desbloqueadoras por primera vez.

Me sonrojé, tomé el sobre de su mano y me lo guardé en el bolsillo de la sudadera. Colocamos la caja de desbloqueadoras en su sitio, cerramos el cofremuro, devolvimos los libros a su lugar y, antes de salir del despacho, dejamos el reloj de Petra debajo de unos cojines del sillón para que lo encontrara sin dificultad.

Hicimos el camino al patio cabizbajos y en silencio. Regresábamos del campo de batalla donde lo habíamos perdido todo con la sensación de que ser los únicos supervivientes del desastre era nuestro castigo.

Margot se había duchado y nos esperaba junto a la portería del campo de fútbol sala. Sonreía. Supuse que habían ganado. Al menos alguien había tenido un sábado provechoso. A pesar de que los partidos ya habían terminado, Petra seguía rodeada de niños y padres.

–¡Vaya caras de condenados a muerte! ¿Qué ha pasado?

Laap ni siquiera intentó hablar. Se sentó, puso un dedo sobre un balón y empezó a hacerlo girar sobre el suelo. Margot fue a pararlo, pero la sujeté.

–Déjale. No hay nadie cerca.

Por si acaso, nos pusimos delante de él y entonces empecé a contarle nuestra aventura fallida. Se quedó fascinada con la historia del sylt. Quiso ver el sobre, pero me negué. Petra seguía en el patio.

–He pensado que podíamos quedar mañana para intentar abrirlo. A lo mejor hay algo aquí que no conozcan en Caltynia...

–¿Como la lejía?

–Eso mismo ha dicho Pablo. Al final vas a estar más conectado con ella que conmigo –dijo Laap casi en un suspiro.

Margot y yo nos sonrojamos.

Estuvimos un rato más intentando sin éxito animarle. Finalmente nos fuimos a comer y quedamos en vernos el domingo por la tarde –Margot y yo– y el lunes antes de clase con Laap.

La tarde del sábado pasó entre cómics y *El Cantar del Mío Cid*. Por la noche, mis padres se fueron al cine y aproveché para intentar abrir la carta. Probé con sal, con agua, alcohol, vapor, limpiador de metales, lejía, aceite de oliva, tiras de cera de depilación, zumo de limón... Incluso intenté quemarla un poco. En un momento, mientras frotaba el lacre con lavavajillas, creí ver que este se deshacía, pero enseguida volvió a solidificarse tomando la forma de dos espadas cruzadas. Todo fue inútil. Y el sylt parecía divertirse con mis fracasos.

Ya de madrugada el sobre había perdido su aspecto precario. Tenía un color marfil que le hacía parecer una invitación de boda.

–Lo que faltaba, ahora ha rejuvenecido –murmuré mientras lo dejaba encima de la mesa.

Escribí la nota que debía entregar el lunes a Camilo y me metí en la cama.

El domingo me levanté cuando no tuve más remedio. Mis padres ya habían desayunado y limpiado la casa –no tengo superpoderes, pero soy capaz de dormir profundamente incluso con el ruido de la aspiradora–. Arrastré los pies por el pasillo frotándome los ojos. En la cocina olía a bizcocho y se oía a mi madre cantar.

"Porque vas a venir, mi casa vieja
inaugura una flor en cada reja..."

–¿Estabas esperando a que saliera del horno para levantarte y desayunar, bello durmiente? –me saludó desde el tendedero. Y continuó sin esperar respuesta–: Pues siento decepcionarte, no es para ti. Se lo llevaremos a la abuela esta tarde.

Tardé dos segundos en asimilar el mensaje y medio en recordar que ya me habían avisado unos días antes. Como si me hubiesen pisado el dedo gordo del pie con un tacón de aguja, me espabilé del todo.

–¿Esta tarde? ¡Mamá, yo he quedado! Para estudiar… –añadí relajando ligeramente el tono.

–Bueno, iremos a comer con ella, así que no hay problema. Vienes y a la hora del café te subes a un autobús, te vas y te pierdes mi delicioso bizcocho de canela y zanahoria –dijo mi madre fingiendo descontento–. Aunque, conociendo a la abuela, seguro que me exige que lo empiece antes de que te vayas, "para que el niño lo pruebe".

Dijo esto último intentando imitar la voz cantarina de la abuela y consiguió que me riera con ganas. Supongo que ese buen humor fue lo que permitió que no me hiciera preguntas sobre dónde, qué o con quién iba a estudiar.

Todo se cumplió como mi madre había profetizado. La abuela quiso que todos comiésemos el bizcocho con el postre, "para que el niño lo pruebe", y me dio un trozo más "para esa amiga con la que vas a estudiar" antes de irme. Y mientras iba en el autobús camino del barrio, me di cuenta de que yo no había dicho en ningún momento con quién iba a estudiar.

Margot me recibió con dos besos que hicieron que mis mejillas hirvieran. Sus padres estaban en el salón y me saludaron sin apartar la vista de la televisión. Quien sí saltó del sofá fue un gato siamés gris y negro, con el rabo muy corto, que erizó el lomo y caminó pegado a Margot por el pasillo sin dejar de mirarme. Solo le faltó hacer pis alrededor de ella.

–Este es Zeus, "el terror de Camilo" –dijo sonriendo–. Mis padres son los del sofá, claro, y mi hermana pequeña está en casa de los vecinos, viendo una película con su amiga Amanda. ¿Has traído el sobre?

Yo asentí con la cabeza sin dejar de mirar las paredes del pasillo, que estaban decoradas con puzles de todos los tamaños. Había paisajes, cuadros famosos, carteles publicitarios, una foto de las Cuatro Torres de Madrid... Y al frente, junto a dos puertas cerradas y con una luz iluminándolo, uno más grande que el resto, totalmente negro. Margot seguía mi mirada con la misma sonrisa en la cara. Se estaba divirtiendo.

–Es la pasión de mis padres. De hecho se conocieron en un campeonato nacional de puzles. La pared de la izquierda es de mi padre; la derecha, de mi madre. Los van cambiando de vez en cuando.

–¿Y el del fondo?

–*Procesión de cucarachas una noche sin luna.* Mi madre lo tituló así. Creo que es un viejo chiste.

–Pero es todo negro...

Habíamos llegado a su habitación. La puerta estaba cerrada y Margot la abrió lo justo para que Zeus se colara. Después soltó el pomo y me dijo muy seria:

–Ten mucho cuidado con decirle eso. Podrías pasarte la tarde delante del puzle con una lupa mientras mi madre intenta convencerte de que hay negros y negros, y que incluso uno de los cuadrantes superiores es más gris oscuro que negro. Su frase favorita cuando habla de esto es: "Es cuestión de matices, como todo en la vida". Por cierto, papá tiene a medias el suyo: *Leche, papel, nieve. Buscando al oso polar.* Cuando lo termine, los dos irán al salón.

Aclarado el tema de los puzles, pasamos a su habitación y dejó abierta la puerta. La cama estaba pegada a la pared. Era una estructura alta, con otro somier y tres cajones debajo. Tenía una colcha semejando a un tablero de ajedrez y, sobre ella, dos cojines que representaban un caballo y un alfil negros. Formando ángulo recto, había una mesa que recorría otro lateral bajo la ventana. Estaba protegida por un plástico y, encima de ella, había varios recipientes y espráis con diferentes sustancias, tijeras, pegamento, celo y un mechero. A su derecha, media pared la ocupaba un armario empotrado con pegatinas en las puertas de futbolistas y de algún cantante que yo llevaría en mi carpeta. Y la otra mitad, una librería de seis estantes repleta de libros. Lo único que hacía pensar que estábamos en una habitación de chica era una repisa sobre la cama donde conté seis muñecas y cinco peluches, bastante ajados.

–Lo tengo todo preparado. Y si nada de esto funciona –dijo señalando a la mesa–, pasaremos al plan A en la cocina.

–¿Plan A?

–Sí, plan Agresivo.

Agotamos todas las alternativas, pacíficas y agresivas, sin ningún resultado. Lo más que logramos fue que el sello de sylt cambiara dos veces de forma. Y el sobre, siguiendo la teoría de la madre de Margot, pasó de blanco (marfil sucio) a blanco (marfil limpio). A las siete y media recibí un mensaje de mis padres en el móvil: ya estaban en casa.

–Laap se va a llevar un chasco mañana –dije mientras recogíamos las cosas en su habitación–. Su plan se va al traste.

–Todavía nos queda una opción. Podemos hablar con Petra y decirle que intente convencer a los témplaris para que entreguen la carta. ¿No decías que estaban divididos? A lo mejor esto juega a nuestro favor. A río revuelto...

–... ganancia de pescadores –completé–. Disculpa, es que con mi abuelo juego a terminar los refranes que él empieza. Pero no sé si se puede aplicar a este caso. Petra ha insistido en que ellos son fieles a la corona. Laap quiere vengar a su tía abuela, y eso, me temo, puede abrir viejas heridas. No creo que los témplaris estén por la labor.

Terminamos de ordenar la cocina en silencio. Volvimos a pasar por el salón Margot, Zeus –más relajado, pero sin separarse de su ama– y yo. Esta vez sus padres me saludaron sin levantar los ojos de sendos puzles que ocupaban dos tercios de la mesa de comedor. Yo tenía la sensación de haber pasado una tarde genial, a pesar del fracaso con el sobre. Ya en la puerta nos quedamos quietos, mirando al suelo hasta que Zeus empezó a maullar.

–¿Tienes hambre...?

–No, no mucha.

–Me refería a Zeus –dijo aguantando la risa.

–¡Ah!

Intentó ponerse seria, pero acabo sonriendo de nuevo. Se colocó el mechón de pelo y, de pronto, sus manos rozaron las mías. Mi termómetro subió tres grados de golpe. Las puso sobre las suyas y me separó ligeramente los dedos hasta que logró quitarme la barra de pegamento.

–Es de mi hermana –se justificó–. Así que no te sirve como recuerdo mío.

Un grado más; esta vez de vergüenza. Y entonces me besó en la mejilla, justo al lado de donde terminan los labios, y mi caldera reventó al tiempo que ella cerraba la puerta sin dejarme espacio para reaccionar. Empezaba a pensar que el rojo cereza era el color natural de mi cara.

A la mañana siguiente me inventé un examen a primera hora para salir pitando y evitar las preguntas de mis padres. Pasé a buscar a Margot. Hicimos el camino tan pegados como es posible que paseen dos personas juntas sin tocarse. El calor que sentía tan cerca de ella me impedía hablar.

En la puerta de entrada del instituto, Laap nos esperaba ansioso. Quitándonos el uno al otro la palabra y riéndonos de nuestras propias equivocaciones, le explicamos nuestro fracaso de camino al baño del tercer piso. Allí sacamos el sobre. Laap me lo arrebató, lo miró, lo arrojó a un retrete y tiró de la cadena. A mí el ruido de la cisterna me sonó a río cayendo por la ladera de una montaña. Margot reaccionó antes y lo sacó rápidamente. El sobre se secó de inmediato.

—La única opción para conocer el contenido del sobre y reparar el nombre de Bleng es hablar con Petra para que convenza a los demás de que abran la carta.

Laap la miró incrédulo. Fue a decir algo, pero se quedó en silencio, negando con la cabeza.

—Ya he dicho que eso no es posible. Si no lo han hecho ya, los témplaris no se van a poner ahora de acuerdo para limpiar el honor de Bleng porque se lo digamos nosotros.

Laap estaba de espaldas, abriendo y cerrando el grifo de uno de los lavabos. Margot quiso acercarse a él, pero la frené sujetándola por la muñeca y no opuso resistencia. Nos miramos con impotencia. Es muy difícil quedarse quieto cuando ves a un amigo sufrir. Debieron pasar segundos, aunque a mí me parecieron vidas, antes de que Laap se girara. Volvía a tener la cara de los primeros días. Mirada brillante y media sonrisa segura.

–Basta de lamentos. Tenemos una tarea pendiente y las clases están a punto de empezar. Después pensaremos en cómo solucionar este tema. ¿Traes la nota para Camilo?

Casi lo había olvidado. Abrí la mochila y saqué un papel doblado de la carpeta. Mientras Laap lo leía miré el reloj. En tres minutos cerraban las aulas. Si quería que todo saliera bien tenía que verle antes de que entrara en clase. Alargué el brazo para arrebatarle el papel a Laap, pero Margot se me adelantó. Fui a protestar y a insistir en que no nos pasaríamos con él, pero ella me quitó la palabra.

–Yo se lo daré en clase. Es mucho más discreto. Además, si se lo doy yo no sospechará nada.

Y salió del baño guiñándome un ojo.

Con los nervios del día me había olvidado de imprimir el trabajo sobre *El Cantar de Mío Cid*. Por suerte, Magda, la profesora de Lengua y Literatura, empezó a pedirlos y comentarlos por orden alfabético y no llegó a la "M". Así que pude pasarme las dos horas de clase moviendo las piernas, dando vueltas al bolígrafo entre los dedos, mirando por la ventana e imaginando a Margot; ahora guiñándome el ojo, ahora convenciendo a Camilo con su sonrisa. A las once menos dos minutos tenía todo recogido y esperaba, como si fuera la mañana de Reyes, el sonido del timbre de final de clase. Antes de que terminase de sonar ya había salido del aula y corría por el pasillo. Subí las escaleras de tres en tres y llegué al baño boqueando.

–Parece que vienes con prisa, Pablo –dijo Laap con sorna. Estaba junto a los lavabos, echándose en las manos todo el jabón del dosificador que le cabía–. ¿Alguna necesidad urgente?

Tardé unos segundos en recuperar el aliento y poder responderle.

–Si Margot lo ha conseguido, Camilo no tardará en llegar. Quiero estar preparado.

–No te preocupes. Lo tengo controlado. Tal y como ha ido ocurriendo todo, ahora nuestra misión principal no es otra que escarmentar a Camilo. Y en esto te garantizo que no vamos a fallar.

Había vaciado el jabón de las manos en uno de los lavabos y se dirigía a por más. Lejos de tranquilizarme, sus palabras me asustaron. Además de ganas de divertirse, destilaban rencor y rabia.

–Recuerda que solo es un susto y que Camilo no tiene la culpa de que no podamos abrir la carta de los témplaris. Nada de violencia, Laap. No te pases ni medio pelo.

–Tranquilo. Te garantizo que un susto se va a llevar. Y quién sabe si le dejará huella en los pantalones...

–Eso es lo que no quiero. Basta con que escarmiente, pero sin pasarse, Laap. Le hemos prometido a Margot que no iba a haber excesos.

–Claro, cuenta con ello. En ningún momento se me ocurriría excederme. Solo será una pequeña lección, descuida.

Por unos segundos me lo creí. Y me hubiera camelado del todo si estuviésemos hablando por teléfono. Pero la sonrisa y la mirada de Laap no cuadraban con el tono inocente que daba a su discurso.

–Laap, te lo digo en serio. No es buena idea desahogar tu mosqueo con Camilo. Cíñete al plan inicial y...

–¿Con quién hablas, birria? –dijo una voz a mi espada.

Alcé la cabeza y vi a Camilo reflejado en el espejo. Mi termostato bajó cuatro grados y tragué saliva. Llevaba la sudadera de los Simpson de la última vez y un vaquero roto por las rodillas. Unos mitones azules dejaban al descubierto los dedos, que jugueteaban con un llavero que tenía pinta de pesar bastante.

–¿Estás tan *volao* que le cuentas tus problemas al chico del espejo? –continuó envalentonado–. ¿No tienes con quién hablar? Entonces no te importará que te parta la boca, ¿verdad? A lo mejor así dejas de chivarte, cargarme las culpas de tus hazañas e inventarte mentiras sobre mí, soplón de m...

Delante de Camilo, Laap seguía sonriendo mientras abría, uno tras otro, todos los grifos. Enseguida los lavabos comenzaron a rebosar espuma.

–¡Comienza la función! –exclamó teatralmente, dirigiéndose a los retretes.

Camilo se había quedado sin palabras. Solo miraba las cascadas de espuma derramándose hacia el suelo. Cuando todas las cisternas se pusieron en marcha casi a la vez y llegaron los portazos de las puertas de los baños y el papel higiénico volando como serpentinas, perdió el control por completo y se puso a gritar pidiendo auxilio. Laap se puso delante de él y, de un manotazo, le tiró el llavero al suelo.

–Uy, no, no está bien que grites, Camilín, que aún no hemos terminado y no queremos que nadie más venga a esta fiesta tan divertida.

Y mientras Laap pasaba a través de él haciéndole temblar de frío y miedo, acabó por tirarse al suelo y acurrucarse a mis pies.

–¡Páralo, Laap! ¡Basta! –grité desesperado mientras me agachaba a su lado.

Lejos de hacerme caso, Laap volvió a abrir los grifos y se encaminó de nuevo hacia los retretes. A nuestro alrededor, un fino mar de espuma se extendía por el suelo. Tuve que gritar más fuerte para hacerme oír por encima de las cisternas y de Camilo que, abrazado a mi pernera, llamaba a su madre.

–¡Sssshhhh! Con tanto grito vais a hacer que venga todo el mundo. ¿Veis? –dijo Laap señalando hacia la puerta y en tono de reprimenda fingida–. Os lo avisé.

Encabezados por Petra y Clara, la directora, un grupo de alumnos entraron en el baño. Dos se resbalaron iniciando un efecto dominó que acabó con siete alumnos sentados y Clara de rodillas sobre el suelo empapado. Margot se había quedado en la puerta y miraba incrédula el panorama. Petra fulminó con la mirada a Laap, que estaba sentado sobre la encimera de los lavabos y al instante se puso de pie. Pasó por mi lado de camino hacia el rincón más alejado del epicentro de la catástrofe.

–Ahora es tu turno, Pablo –me susurró–. Solo tienes que culpar a Camilo de todo esto y nos olvidaremos de él para siempre. Te lo garantizo.

Cuando por fin recuperó el equilibrio, Clara tomó las riendas de la situación. Sacó a todos los chicos y chicas del baño excepto a Margot, porque Petra insistió en que se quedara y, tomando a Camilo por debajo de los hombros, le ayudó a incorporarse. Después me tendió la mano para que me levantara.

–¡Cómo no ibas a estar tú en medio de esto! ¿Alguien puede explicarnos qué es lo que ha pasado aquí?

Miré a Laap. Después a Margot. Los ojos de ambos tiraban de mí en direcciones opuestas. Petra, por su parte, parecía pedirme que me decidiera, por uno o por otra, pero que dijera algo. Del pasillo se colaban los rumores de la gente que se agolpaba tras la puerta del baño.

–Dejad que adivine –continuó la directora–, ¿ha sido un ataque de la patrulla de fantasmas de las cisternas? Difícil, no ha ocurrido ninguno en los últimos treinta años. ¿Un atasco de las tuberías por escombros de las obras del verano? Podría ser, pero entonces habrían reventado antes en los pisos de abajo.

Qué me queda... ¡Ah, sí! –dijo sujetando a Camilo del cuello–. Un chico que no sabe cómo divertirse y decide organizar una fiesta privada de la espuma. Parece que no tuviste bastante con la expulsión de la semana pasada. No llevas ni dos horas en el instituto y ya has vuelto a las andadas.

–¿Ves cómo ha sido sencillo? –dijo Laap desde su esquina–. Ni siquiera has tenido que mentirles. Ella misma se ha hecho una composición de lugar que nos viene de maravilla.

Camilo no tenía fuerzas para negarlo. Simplemente movía la cabeza de arriba a abajo diciendo:

–Quiero irme, por favor, quiero irme...

Laap tenía razón. Era muy fácil. Bastaba con callar y poner cara de víctima, como llevaba años haciendo en el instituto. Nadie iba a contradecir la versión de Clara, mucho menos si Camilo, muerto de miedo, se reconocía culpable.

Petra acompañó a la directora hacia la puerta, llevándose a Camilo entre las dos. Margot tuvo que apartarse. Dudó un instante y al final se dio la vuelta y acompañó a las profesoras y a Camilo. Antes me lanzó una mirada con la que me quitó el guiño de ojos, el beso casi en los labios, las caricias y las risas de los últimos días.

Di un profundo suspiro, volví la espalda a Laap, que sonreía desde su rincón, y, antes de que se cerrara la puerta, logré captar la atención de la comitiva diciendo:

–No ha sido Camilo, Clara. Él no tiene nada que ver con lo que ha pasado aquí.

12. SI TE VAS, NO CIERRES LA PUERTA

Como si se hubieran puesto de acuerdo, los grifos y las cisternas dejaron de gotear y todo se quedó quieto, igual que si hubiésemos apretado el botón de pausa en un videojuego.

El primero en reaccionar fue Laap, que se acercó adonde estaba e intentó zarandearme.

–Pero ¿qué estás diciendo? ¿Te has vuelto loco?

Sus palabras y sus manos me atravesaron sin que sintiera ni un pequeño escalofrío. Mi corazón latía pausado y, lejos de sentir miedo o vergüenza, me veía cada vez más seguro, como si estuviera fuera de la escena y nada de lo que pudiera ocurrir fuera a dañarme. Es más, estaba convencido de que a partir de ese momento yo iba a tomar el control de la situación y todo iba a salir bien.

Como si quisiera impedir el paso de mis palabras, Laap se interpuso entre los que se habían quedado parados antes de abrir la puerta del baño y yo. Le miré a la cara y repetí:

–No ha sido Camilo, Clara. Él no tiene nada que ver con lo que ha pasado aquí.

Esta vez la frase sirvió para desbloquear a Clara, Petra y Margot. Sus ojos me pedían sin palabras que les contara qué significaba todo aquello.

–Ha venido aquí porque yo se lo he pedido. Quería hablar con él para explicarle cómo habíam... había organizado la semana pasada lo de las chinchetas para que él pareciera el culpable.

Esperé alguna reacción durante unos segundos. Camilo había dejado de sollozar. Estaba erguido entre Petra y la directora, que ya no le sujetaban. Nadie dijo nada y yo interpreté ese silencio como una invitación a continuar.

–Llevo desde el curso pasado soportando los insultos, bromas pesadas y ataques de Camilo y su pandilla. Cuando no me quitan comida, se quedan con mi dinero o me humillan delante de los demás. Quise darle un escarmiento para que me dejase en paz de una vez por todas y se me ocurrió montar alguna trastada bien gorda y culparle a él. Por eso puse las chinchetas y las tizas en su mochila.

–Pero... ¿por qué no has hablado conmigo hasta ahora? –me preguntó Clara.

–Porque no soy ningún chivato. Y pensé que podría solucionarlo yo solo. Lo único que quería era que probara lo que se siente cuando todo el mundo se ríe de uno y le da la espalda.

Parecía que mis palabras tenían vida propia. Ellas solas se mezclaban y, sin que yo hiciera más que abrir la boca, formaban frases coherentes que explicaban las emociones y sentimientos que llevaba guardando bajo llave durante meses.

–Cuando conseguí que le expulsaran empecé a pensar en que querría vengarse, y decidí tomar la iniciativa. Por eso le cité esta mañana aquí. Mi intención era proponerle que firmáramos una tregua permanente. Y si no lo aceptaba, estaba dispuesto a poner en marcha otro plan para lograr que le volvieran a expulsar... definitivamente.

Camilo ya estaba totalmente recuperado. Avanzó unos pasos y se puso delante de mí con los brazos cruzados y apretando los dientes. Sabía que con lo que estaba haciendo no había logrado más que empeorar las cosas entre nosotros pero, al mismo tiempo, sentía que eso era lo correcto. Yo era responsable y, aunque me asustaba tanto el castigo como la reacción de Camilo cuando estuviéramos solos, estaba dispuesto a asumirlo. Y esa convicción me daba mucha paz.

La directora suspiró con fuerza.

–Pablo Morquecho, te has cubierto de gloria. Te has tomado la justicia por tu mano y has hecho que expulsemos a un compañero injustamente.

–Lo hizo por miedo, Clara –intentó defenderme Petra–. Y contándolo todo ahora, ha mostrado ser muy valiente.

–De nada sirve la valentía si nace de una irresponsabilidad, Petra. Eso desmonta todos sus argumentos. Ya no puedo verle como víctima.

Margot quiso decir algo, pero Petra la paró con un gesto de la mano. Yo seguía tranquilo, con la sensación de llevar las riendas, aunque dirigiera al caballo hacia el precipicio. Solo me preocupaba una cosa: cómo explicar lo del baño sin mencionar a Laap ni implicar a Petra. Como si me leyera el pensamiento, Clara retomó su discurso.

–De momento, mientras limpias y ordenas, ve preparando una explicación convincente para todo este estropicio. Petra, ¿te encargas tú? Yo me llevo a Camilo, que también tiene que aclarar algunas cosas.

Petra asintió. Margot tenía los ojos brillantes. Levantó el pulgar y, sin dejar de mirarme, se fue hacia la puerta. Por un instante me olvidé de todo lo demás y, como si me desdoblara, me vi a mí mismo, sin tocar el suelo, deslizándome hacia ella y sosteniendo su cara. Podía notar en las manos ese calor crujiente de pan recién horneado. Sentí una energía que me salía del pecho sin control, un vértigo dulce que hizo que me temblaran los labios y deseé que en ese momento se parara el tiempo.

–Nadie te libra de una expulsión de tres días, Morquecho –sentenció Clara desde la puerta.

Podía haber convocado un consejo de guerra, haberme excomulgado o incluso desterrado a una isla desierta. En ese momento solo me importaba la promesa que había leído en la sonrisa de Margot.

Cuando por fin volví a la realidad, Laap se había sentado en la encimera de los lavabos y continuaba en *shock*. Petra estaba delante de mí. Me agarró de los hombros mientras asentía con la cabeza e intentaba disimular una sonrisa.

–¿Cómo te sientes?

Ligero, feliz, soñando, alegre, como un bailarín haciendo un solo, potente, arrollador, seguro, agotado, pletórico... Podía haber elegido cualquiera de esto adjetivos –o todos– para responder a su pregunta, pero solo dije:

–Bien.

–Eso está... bien –subrayó Petra–, porque ahora toca arreglar todo lo que podamos de este disparate.

Miré a mi alrededor. Espuma por el suelo, charcos enormes con islotes de papel higiénico mojado, varias cisternas goteando... Aparatoso, pero nada grave. Me remangué e iba a empezar a recoger cuando Petra me paró.

–Este también, pero yo me refería a otro.

Supongo que mis ojos fueron lo bastante explícitos, porque antes de que pudiera preguntarlo, Petra suspiró y me explicó de qué otro despropósito hablaba.

–Clara tiene razón. Has... habéis –rectificó incluyendo a Laap, que seguía cabizbajo junto a los lavabos, aparentemente ajeno a todo aquello– montado un buen jaleo. Y creo que no puede zanjarse solo con una expulsión de tres días, Pablo.

En ese momento entró Margot de nuevo. Llevaba al cuello su cámara de fotos y nos dijo que había convencido a Clara para hacer un reportaje para la revista. Algo volvió a encenderse dentro de mí, pero con mucha menos fuerza.

A medida que Petra dibujaba la situación con todo detalle, yo iba saliendo de mi nirvana particular y me tragaba puñados de realidad pura y dura. Estaba el daño material a los baños, claro, pero también el que Petra llamó "daño emocional e institucional" al colegio y a los compañeros, especialmente a Camilo.

–Seguro que te sientes tan bien como dices, Pablo. Pero si te miras con detalle observarás que hay algo que te pesa. Ese peso se llama conciencia y quiere decir que aún no te has limpiado.

Como si fueran mágicas, las palabras de Petra despertaron la carga que había estado ocultando todos esos días detrás del objetivo: quitar a Camilo de en medio. Ni siquiera me había movido la intención de ayudar a Laap a volver a su casa. Miré a mi amigo, que seguía encerrado en su concha. Había sido un egoísta.

Margot se acercó a mí y me rozó la mano. Avergonzado, desvié la mirada huyendo de sus ojos.

–Creo que lo primero que debéis hacer, si queréis sentiros bien con vosotros mismos, es pedir perdón –dijo.

–Y no solo a Camilo –aclaró Petra.

Mi primera reacción fue de protesta. ¿Por qué pedir perdón a Camilo? ¿A quién más? Además, sabía que ese plural que había usado Margot era un eufemismo. Laap no iba a pedir perdón a nadie por la sencilla razón de que ningún ofendido sabía de su existencia. Así que ese sapo me tocaba tragármelo a mí solito.

–Puedo imaginar lo que sientes –dijo Petra–. No es agradable reconocer en público que te has equivocado, pero te aseguro que es una medicina necesaria.

La protesta dejó paso a la vergüenza. Me imaginé de pie, delante del claustro de los profesores, mientras estos me señalaban con dedos huesudos y ojos afilados por la rabia. Me fui encogiendo poco a poco y, sin darme cuenta, me acerqué hacia donde Laap se removía inquieto.

–A lo mejor podemos hacer que no te cueste tanto, Pablo.

Mientras decía esto, Margot me acariciaba la mano. Unos minutos antes ese gesto me habría hecho levitar, pero ahora apenas notaba un cosquilleo entre los dedos. No era el mejor momento para mis primeras manitas. Me sentía como cuando la caldera de agua decide que va a regalarte un surtido de duchas frías y calientes a su antojo. Ahora eufórico, a los pocos minutos hundido, de nuevo flotando, al instante de bajón...

–Podrías escribir tus disculpas en la revista. Lo incorporaríamos al reportaje. Todo el mundo podrá leerlo y tú te ahorras la exhibición pública.

La propuesta de Margot sonaba a salida digna y discreta. Además, contaba con ella para prepararlo. Le apreté ligeramente la mano y asentí con la cabeza. Ella sonrió y cruzó las piernas, como si se contuviera para no saltar.

–Perfecto. Ahora sí podemos empezar a arreglar este desbarajuste –zanjó Petra el asunto–. ¿Nos echarás una mano, Margot?

Las dos se agacharon y empezaron a recoger papeles mojados. Yo me quedé parado mirando a Laap, que estaba jugando con la espuma de uno de los lavabos y no dejaba de morderse los nudillos. No había que ser sicólogo para saber que estaba preocupado. Giró la vista hacia una de las puertas de los retretes, donde había colgado mi cazadora. De un bolsillo sobresalía un sobre blanco. Suspiré. Laap bajó la mirada y volvió a sus nudillos. Si quería que mi termostato emocional recuperase la normalidad, aún quedaba algo por hacer.

–Un momento, Petra –dije mientras agarraba a Laap por el hombro–. Todavía queda un asunto del que hablar.

Margot se levantó y ayudó a incorporarse a Petra. Laap no se movió de su sitio. Estuvo aún varios segundos jugando con la espuma mientras los demás esperábamos a que se decidiera a hablar. Entonces levantó la cabeza. Tenía los ojos completamente naranjas y relucían como melocotones en almíbar. Solo un diminuto punto oscuro brillaba en el centro con más fuerza.

–Sabemos vuestro secreto –dijo apretando los dientes y señalando mi cazadora–. Hemos encontrado la carta y queremos que la abras. Yo se la llevaré al rey.

Petra se movía a cámara lenta. Primero abrió la boca, luego estiró el brazo y, finalmente, arrastró los pies hasta la cazadora y sacó el sobre del bolsillo. Se notaba que estaba haciendo un esfuerzo por entender cómo habíamos conseguido hacernos con él. Acarició una por una las gotas de lacre mientras el sello indestructible se transformaba de nuevo en el icono de los témplaris.

–Mi reloj... –dijo sacándolo del bolsillo del chaleco–. ¿Cómo habéis...?

No terminó la pregunta, no era necesario. Margot encogió los hombros y Laap volvió a jugar con la espuma del lavabo. Yo tomé aire y empecé a contar los acontecimientos de los últimos días, empezando por el sueño de Laap. De vez en cuando, Margot me ayudaba dando algún detalle mientras Laap seguía abstraído. Petra mostró su asombro cuando supo cómo dedujimos la clave para acceder al cofremuro y me palmeó la espalda. Tampoco pudo evitar reírse cuando le explicamos cómo intentamos abrir el sobre y la respuesta del sello de sylt.

–Debería estar enfadada con vosotros... Y lo estoy –rectificó–. Creo que no sois conscientes de lo que hubiera pasado si el reloj se hubiese perdido.

–No se había perdido. Laap sabía dónde estaba...

–Pero yo no. La última vez que lo vi fue cuando me reuní con mis hermanos témplaris y había empezado a sospechar que alguno de ellos me lo había robado. Como visteis, hay algunas cosas en las que no estamos de acuerdo.

Margot y yo asentimos. Laap bajó algo más la cabeza y siguió dándonos la espalda. Veíamos su imagen en el espejo. Hundía las manos en la espuma del lavabo y moldeaba pequeñas nubes. Después se quedaba mirando cómo se deshacían pompa a pompa sobre la encimera.

–No es fácil de explicar –continuó Petra–. Como os dije, nuestro deseo es regresar a Caltynia en algún momento. Todos querríamos acabar allí nuestros días.

–Si de veras queréis volver –sugirió Margot–, la carta de Mésilon puede ser vuestro mejor pasaporte.

–Sí, eso es lo que puede parecer. Es más, algunos de los nuestros apoyarían esa idea –respondió Petra. Margot y yo nos miramos. A ninguno de los dos se nos escapó que no se había incluido entre los favorables a ese plan–. Nada más fácil que desvelar el contenido de esa carta. Se descubriría que no hubo ninguna traición, recuperaríamos nuestro honor, Bleng y los demás serían resarcidos y, quién sabe, quizá podríamos crear una nueva escuela témplaris...

Laap saltó de la encimera como un conejo. Las palabras de Petra le habían sacado de su ensimismamiento y volvía a tener esa cara de niño ante los regalos de Navidad. Estaba tan ilusionado que no reparó en que Petra había hecho una pausa. Apenas un par de segundos, como el vagón de la montaña rusa justo antes de la caída a plomo. No era difícil adivinar con qué palabra iba a retomar el discurso.

–Pero no todos pensamos igual. Llevamos trescientos de vuestros años discutiendo sobre este tema, argumentando a favor o en contra, cambiando de idea... Por eso decidimos hace ya un tiempo sellar la carta con sylt. Y una vez hecho esto, ya sabéis que solo se abrirá si los seis nos ponemos de acuerdo. En este momento somos tres los que no vemos posible esta opción. No os pido que lo entendáis, pero me gustaría explicaros por qué.

Laap bajó los brazos, se quedó con la sonrisa congelada y los ojos dejaron de brillar. Parecía un payaso triste. Intenté darle unas palmaditas en el hombro, pero rechazó mi acercamiento y se giró. Petra se dio cuenta y me separó de él.

–Lo que cuenta esa carta desmiente la leyenda de la traición de los témplaris y limpiaría nuestro honor, pero habría que pagar un precio que algunos creemos demasiado alto. Si la verdadera historia sale a la luz, la familia real quedaría muy mal parada, pues se descubriría que fue una cabezonería, primero de Mésilon y, después, de Abletum, lo que llevó al desastre. ¿Os imagináis lo que eso supondría? El pueblo podría sublevarse contra la corona y culparla de todas las desgracias de los últimos trescientos años: la actual guerra con los octios, el cambio de sentido del río Rzeka... En estos momentos, Caltynia no puede permitirse más problemas. Sería muy egoísta por nuestra parte. Además, como témplaris, hemos jurado lealtad al rey, sea este el que sea.

–Pues yo no lo veo así –espetó Laap encarándose a Petra. Tenía los ojos húmedos y los puños apretados–. Si alguien tiene la culpa de lo que ahora está ocurriendo en Caltynia sois vosotros. Teníais la manera de hacer que todo volviera a su orden y habéis decidido mantener una mentira durante trescientos años. Y no me vale la excusa de la lealtad. Estáis protegiendo a un rey que lleva más de dos siglos muerto y que, por miedo, traicionó a sus súbditos más nobles aprovechándose de su fidelidad. Tú lo sabes, Petra, el juramento témplaris lo deja muy claro: "Por encima de las personas está la verdad". ¿O es que se te había olvidado? Y la verdad es que Bleng no fue una traidora, que vosotros tampoco y que Caltynia se merece conocer su historia sin engaños.

Margot se había acercado más a mí. Me di cuenta de que tenía mi mano entre las suyas. Supuse que desde hacía un buen rato, ya que la notaba húmeda. Mientras hablaba, Laap estaba apenas a unos centímetros de la cara de Petra, que no parpadeaba. En el baño hacía bastante calor. Miré hacia el espejo y me dio la impresión de que se ondulaba ligeramente. Pensé en una ilusión óptica, como cuando el sol de agosto parece que derrite el asfalto de la carretera, hasta que Margot me apretó la mano con fuerza. Miré hacia donde estaba señalando. Una luz luchaba por salir del bolsillo del chaleco de Petra.

–Petra, Laap –avisó Margot–, el reloj...

–... Y el espejo –añadí.

Petra sacó el reloj del bolsillo y lo destapó. Un rayo de luz anaranjada se proyectó sobre el espejo, que se había vuelto opaco y cada vez se parecía más a un postre de gelatina. Yo me abracé a Margot y Laap abrió los puños y la boca.

–"Por encima de las personas está la verdad" –repitió Petra poniendo la mano en su hombro–. Hasta ahora, para mí, esas personas éramos solo los témplaris, y no podíamos anteponer nuestros deseos a la defensa del rey, incluso con la vida. Esa era *nuestra* verdad. Has tenido que venir tú del otro lado para hacernos ver que hay *otra* verdad que exige que el pueblo Caltyo conozca su historia. Esa era tu misión.

–Pero yo no he conseguido nada. La carta sigue sin poder abrirse, Camilo querrá vengarse de Pablo...

–Asustar a Camilo, ayudar a Pablo... todo eso son solo instrumentos. Has dado comienzo a algo muy importante, Laap: Caltynia recuperará su historia. Y vosotros –añadió mirando hacia el rincón donde nos habíamos apartado Margot y yo– estáis vinculados a esta misión y acabaréis ganándoos ser parte de esa historia. Ese era el doble objetivo de vuestro encuentro: por un lado conoceros y poneros a prueba y, por otro, sacar la carta a la luz y cuestionar las razones para seguir ocultándola.

Sin darnos cuenta, Laap, Margot y yo nos habíamos ido acercando a los lavabos. Estábamos unidos por las manos, hipnotizados a partes iguales por las palabras de Petra y por el movimiento sinuoso del espejo en la pared.

–El mensaje de los fanales tiene todo el sentido: "Si queréis salir de una habitación por la ventana, primero debéis entrar en ella por la puerta". Puede que penséis que no habéis conseguido nada, pero os aseguro que el primer acto de vuestra misión se ha completado con éxito. Cada vez está más cerca el momento en que el pueblo caltyo conocerá la verdad de su historia. Y, al igual que yo lo he visto, los demás témplaris también lo verán. No tengo dudas: descansaré en Caltynia. No moriré en el destierro. Pero para eso aún queda tiempo. Laap, tienes que volver.

Eso significaba que era hora de decir adiós, aunque ninguno de los tres parecíamos con ganas de despedidas. Hay ocasiones en que, por muy ingenioso que uno pueda ser, sabes que cualquier comentario se va a quedar corto. Habíamos pasado los últimos días quitándonos la palabra, hablando unos por encima de otros, y en ese momento nadie quería abrir la boca. Caminamos hacia el espejo guiados por Petra y sin soltarnos de las manos. Al llegar hicimos un círculo. Laap hacía de conductor de nuestra energía. Era como agarrar un líquido. Cuando Margot le besó para despedirse yo noté un escalofrío e, instintivamente, me llevé la mano al carrillo.

–En el momento en que toques el espejo, Laap, pasarás al otro lado y la puerta se cerrará de nuevo. Aunque no para siempre. Recordad que vuestra misión no ha terminado. Estáis vinculados y, si más adelante os necesitáis, podréis contactar y cruzar al otro lado.

–¿Y cómo podremos…? –dijimos los tres a la vez.

–¿Avisarnos? –terminó Petra mientras nosotros sonreíamos–. Yo seré vuestro enlace. Sigo siendo la guardiana de la puerta de Meldior.

Laap alargó lentamente el brazo. Margot se resistía a soltarle. Sin dejar de mirarnos, metió la mano en el espejo. Sentimos como un picotazo en la mano pero seguimos sin soltarnos, y al instante desapareció.

El espejo recuperó su estado sólido y una especie de niebla gris fue despejándose. Como si se tratara de una pecera, vimos a Laap al otro lado. Instintivamente –supongo que el cine americano tuvo algo que ver– pusimos las manos en la luna, como los presos de las películas cuando saludan a sus novias a través del cristal. Laap las colocó sobre las nuestras y su imagen se fue desvaneciendo a medida que la nuestra aparecía en el espejo.

Me miré la mano derecha, donde había sentido el picotazo. Debajo del dedo corazón tenía una mancha redonda, como un lunar, que aún escocía un poco. Fui a enseñársela a Margot, pero ella se adelantó y me mostró el suyo con una mancha idéntica.

–Parece que a partir de ahora vamos a tener en común algo más que la revista –dijo sonriendo.

–Sí. Y tenemos que agradecérselo a Laap.

–Bueno –añadió bajando la mirada y sin dejar de sonreír–, yo ya se lo he agradecido. Aunque creo que esto es cosa de los tres.

Empecé a sentir cómo me subía la temperatura, pero esta vez no me puse colorado. Respiré hondo y le di un beso en la mejilla.

–Gracias, Margot.

Ella se acarició donde le había besado. Con un movimiento que yo conocía como si lo hubiera diseñado, se sujetó un mechón de pelo detrás de la oreja. Después levantó la cabeza, sostuvo mi cara con las dos manos y me besó en los labios. Sentí cómo me licuaba por dentro. Me abandoné por completo. Ella respiraba por mí. No tenía huesos, ni músculos, ni voluntad, era como un muñeco de espuma, y si continuaba de pie era porque ella me sujetaba con sus labios y sus manos.

Cuando por fin me soltó, fue como parar de pronto de dar vueltas. Necesitaba un punto de apoyo seguro. Margot pareció adivinarlo y buscó mi mano.

–De nada, Pablo –dijo.

–Ejem... siento interrumpir –carraspeó Petra–, pero aún nos queda un baño por recoger.

La noticia de que Margot y yo estábamos juntos se extendió a toda velocidad por el instituto. Y eso nos vino bien. Digamos que el "final feliz" hizo que la gente olvidara pronto el altercado de los baños.

Por nuestra parte, el recuerdo de Laap se sentaba a comer, paseaba, estudiaba... con nosotros. A veces incluso pensaba que estaba ahí, en medio, cuando nos besábamos. La que sí que aparecía en los momentos más inoportunos era Petra, aunque el ruido de sus zapatillas arrastrando por los pasillos solía delatarla y nos daba tiempo para recomponernos.

Veintitrés días después de la marcha de Laap, la revista del instituto estaba a punto de imprimirse. En ella yo cumplía con la promesa de pedir disculpas a todos. Margot había hecho un trabajo excelente con el reportaje sobre el incidente del baño. Incluso tenía fotos en las que unos ojos que supieran mirar podían ver lo que parecía una silueta humana junto a los espejos. Lo había relacionado con mi desmayo a la llegada de Laap y se las ingenió para que no apareciera como el villano de la historia, repartiendo responsabilidad entre Camilo y yo a partes iguales. No puedo decir que consiguiera que nos hiciésemos amigos, pero después de mi expulsión ni él ni sus secuaces volvieron a meterse conmigo.

Estábamos haciendo una última revisión de la maqueta cuando oímos los pasos cansados de Petra. En un movimiento que ya teníamos interiorizado y se había convertido en nuestra pequeña broma privada, nos atusamos el pelo, carraspeamos y dijimos al tiempo:

−Por poco.

Petra entró con el reloj en la mano desprendiendo luz anaranjada. Margot y yo soltamos los folios sobre la mesa y nos miramos las manos. No tuvo que decirnos nada. En la base del dedo corazón de la mano derecha, vi cómo un pequeño lunar se había enrojecido.